だいわ文庫

悲しみの底で
猫が教えてくれた大切なこと

瀧森古都

大和書房

僕は、どうして生まれたんだろう。
僕は、何のために生きてるんだろう。

きっと答えなんて見つからない。
永遠に見つかるはずがない。

だって僕は生まれたくなかったから。
この世に生まれちゃいけなかったから。

悲しみの底をさまよっていた僕は
ずっとそう思っていた。

あの日あの猫に出会うまでは……。

目次

悲しみの底で猫が教えてくれた大切なこと

第一話　鳴かない猫

それは、桜の花びらが舞う四月の午後だった。

窓から見える桜並木を眺めながらタバコをふかしている……と言うと聞こえはいいが、ここは都会でもなければ高級マンションの一室でもない。田舎の片隅にあるパチンコ店の休憩室だ。今の今までつぶれなかったことが不思議なくらい古い店だが、ヒマを持てあましている常連客のお陰でどうにか生き残っていると言っても過言ではない。

そして、そんなヒマな常連客のうちの一人が、窓の外から僕のことを呼んでいる。

「五郎ちゃーん、そこにいるんでしょう？　ミィちゃんのエサここに置いておくから、あとであげといてね。今、ミィちゃんお出かけ中みたいだから」

二階のここまで響き渡る彼女の声のお陰で、耳にタコができそうだ。

今年還暦を迎えた常連客の彼女は、すぐそこで金物店を営んでいるらしい。よほどヒマなのか、このパチンコ店に住み着いているノラ猫に毎日エサをあげに来ているのだ。

僕はため息をつきながらタバコの火を消し、彼女のところへ向かった。

「弓子さん……ノラ猫にエサをやらないでって何度も言ってるでしょう?」

「そんな冷たいこと言わないでよぉ。それより五郎ちゃん、このノート、少しの間ここに置かせてもらうわね」

「ノート…?」

常連客の弓子は、店先のベンチの上に猫用の缶詰を置くと、その横に見たことのない一冊のノートをそっと置き、自転車をこいで行ってしまった。長らく油をさしていないであろうその自転車は、弓子の体重にキィキィと悲鳴をあげている。

僕はベンチに腰かけ、再びタバコに火をつけた。

ちゃんとした会社だったら、店先でタバコを吸うなんて許されないだろう。でも、ここは客と店員が親戚のような関係の小さい町だ。今さら僕の勤務態度についてどうこう言う上司もいなければ、気取った客もいない。「あの若僧、また仕事サボってやがる」と言わんばかりの目で素通りする程度なのだ。

そんな居心地のよさを言い訳にして、この緊張感のない日々を送り続けてかれこれ三年が経とうとしている。それまでは、心休まらない人生を送っていた僕だが、それについてどうこう振り返るようなことは、今はまだしたくない。

ひとまず、口の中にこもっている煙を勢いよく吹き出しながら、弓子が置いていったノートをペラペラとめくった。

すると、ノートの中には弓子が保護している捨て犬や捨て猫たちの写真と、その動物たちがどこでどんな風に拾われたかなどの経緯や特徴が細かく記されている。

また、「この子たちと家族になってもいいという人は連絡を」と、ご丁寧に自宅の電話番号まで書かれている始末だ。

これは、いわゆる一つの『里親探しノート』ってやつだろう。

(こんなことしたって、捨てられた動物を飼いたいなんていうやつ簡単に見つからないだろ……。こんなノートを作るなんて、よっぽどヒマなんだな)

さらには、「動物に関する質問、お気軽にどうぞ」と書かれたページまで設けられている。

あきれるほどマメなノートを閉じると共に、ノラ猫の〝ミィちゃん〟が「ミャア」と鳴きながら僕の足にすり寄ってきた。

思わず、「おかえり」と言ってしまった自分に恥ずかしさを感じつつ、弓子が置いていった缶詰をミィちゃんに与えた。

しかし、この一冊のノートが、この先様々な問題を引き起こすことになるとは、置いていった弓子自身を含め、誰一人として知るよしもなかった。

仕事に戻ると、なにやら店内がざわついている。

いつもは地蔵のようにじっと座っている客たちが、あちらこちら立ち上がっていて、スロットマシーンコーナーの方をのぞき込んでいる。すると、みんなの視線の先から大きな怒鳴り声が聞こえてきた。

「この泥棒猫が！　人のメダルを盗んで得しようなんて、クズみたいなことしてんじゃねーよ！」

まるで雷が落ちたような剣幕で怒っているのは、「町内一の金持ち」と言われている不動産業の社長で、まだ五十そこそこの門倉という男である。

先代が残した膨大な遺産があるとの噂で、陰では「道楽社長」と呼ばれている。

たいして汗水流すこともなく、毎日パチンコやスロットをして遊んでいる門倉だが、これがまた〝持っている〟というか、とにかくツイてる男なのだ。

意味なく生きているような僕とは、持って生まれたものがまるで違う。いくつも土地やマンションを管理している門倉の会社は年々大きくなっているという。

そんなツイてる門倉は、今日もまたスロットマシーンで大当たりを連発し、椅子の下にドル箱をいくつも積んでいる。

「なんだよ、たった一箱くらい分けてくれたっていいじゃねーかよ、このケチ社長」

お門違いな捨てゼリフを吐き、門倉から盗んだメダルの箱を投げるように床へ戻した男は、二十代前半の宏夢《ひろむ》というフリーターだ。確か、僕より五つか六つ年下だったと思うが、調子のいい性格で、常連の弓子と同様に僕のことを「五郎ちゃん」と呼んでくる。最近は〝なんでも屋〟の見習いをしているとのことだが、こんな小さい町で頻繁に浮気調査の依頼が入るわけもなく、やはりヒマ人の溜まり場であるここへ毎日足を運んでいるのだ。とはいえ、金が尽きて人のメダルを盗もうとしたのだろう。

もちろん、盗むことは良くないが、門倉もあり余るほど金があるのなら、一箱くらい分けてやりゃいいのに……と店員の僕ですら思ってしまった。

そんな心の中のつぶやきは、つい言葉に出てしまっていたようで、門倉はこちらを睨みつけながら静かに怒り始めた。

「おい、そこの店員。五郎とか言ったな。今のどういう意味だよ」

「どういう意味って……いや、別に深い意味は……」

「軽蔑するような目で客を見てんじゃやねぇよ」

「いや、本当にそういうわけじゃ……」

「お前も金がほしいのか？　ほしいならほしいって言えよ。『ああ、こいつになら金をくれてやってもいいな』と思わされたら、いくらでもやるから。でも、こんなつぶれそうなパチンコ屋でボーッと立ってるだけのお前が金を持ってたって、どうせ食い尽くして終わりだろう？　金だってお前のところになんか行きたくないだろうよ」


　確かに、僕は毎日ボーッと立っているだけかもしれない。でも、赤の他人にそこまで言われる覚えはない。ましてや、金が僕のところに来たくないって？　金に気持ちなんてあるわけないじゃないか。

　……と、心の中でつぶやいていると、門倉はまるで僕の心の声を読み取ったかのように目を光らせ、静かにこんなことを言った。

「お前……、何のために生きてるんだ？」

門倉の質問に答えられなかった僕は、なんとも言えない悔しさを感じた。するとと門倉は黙っている僕に背を向け、宏夢の方へ行き、彼の目をまっすぐに見てこう言った。

「おい、なんでも屋。一ついいこと教えてやるよ。自分の意志で金をくれてやるのと、人の悪意で盗まれるのとは全然違うんだよ。ま、目先のことばかり考えているやつらに言ったって、意味がわからないだろうけどな」

そう言うと、門倉は他の店員を呼び、椅子の下に積んであるドル箱をカウンターへと運ばせた。

その日の帰り道、僕は門倉に言われた言葉を思い出した。

「何のために生きてるんだ?」って、こっちが聞きたい。自分の意志で生まれたわけでもないし、だからといって死にたいわけでもない。

金も夢もないけど、だからといって誰かに迷惑をかけているわけでもあるまいし、赤の他人にあんなことを言われるなんて本当に腹が立つ。いや、僕が腹を立てているのは赤の他人の門倉に対してではなく、自分自身にかもしれない。生きていることに意味を持てない自分の人生に、きっと僕は腹を立てているんだ。

そういえば、門倉はいくらでも金をやるなんて言っていたが、本気だろうか?

いや、わずかなメダルでもあんなに激怒する人間が、「こいつになら金をくれてやってもいい」なんて思わされる瞬間があるわけない。

もし本気だとしても、僕はあんな傲慢《ごうまん》な人間から一円たりとももらいたくない。

メダルを盗もうとした宏夢だって、きっとそう感じたことだろう。

＊

なんでも屋の見習いを始めて、今月で三ヶ月となる。

一人前になるまでは半年かかると言われているが、その期間を過ぎたら月給百万も夢じゃないそうだ。こんな小さな町で本当にそれほど稼げるのかは疑わしいところだが、今までいい加減な生き方をしてきた俺を雇ってくれるのは、ここくらいしかない。

時間はかかるかもしれないが、いつか「成功者」と呼ばれる人間になるのが俺の夢なんだ。そして俺を捨てた母親を見返してやりたい……。

俺の母親は、不倫したあげく未婚で俺を産み、しまいには虐待して施設へ放り込んだ。

二歳か三歳の時、思いっきり頬を叩かれたのを覚えている。痛いというより熱かった気がする。覚えているのはその一度だけだけど、きっと日常的に手をあげていたに違いない。

でも、叩かれたことよりももっと忘れられない記憶がある。それは、一度だけ抱きしめられたこと。頬の痛みは月日と共に薄れてきたものの、抱きしめられた時のぬくもりは、消したくても消えなかった。

母親の顔も覚えてないし、年も名前も知らないけど、抱きしめてもらったあの時、すごく温かくて、すごくやわらかくて、なんとも言えない良い香りがした。

もしかすると、あれは施設へ送り込む日だったのかもしれない。

小学生になるまでは、もう一度抱きしめてもらうことを夢見たりしたけど、いつしか見返してやることが俺の夢に変わっていった。

勉強が嫌いだった俺は、高校へ進学することなど頭の隅にもなく、十五で施設を飛び出した。そして窃盗を繰り返し、人の金を盗むことに罪悪感など持たなくなった。

ただ、施設の中には真面目なやつもいる。俺のように親の顔を知らなくても、勉強に励んでるやつもいた。

とにかく、いつまでも金を盗んで生きていくわけにはいかない。だから、どんなことをしてでも金を稼ぎたい。稼いで、そして増やして、俺は成功者になるんだ。

とは言っても、つい昔の癖で、パチンコ屋にいつもいるあの社長のメダルを盗もうとしてしまった。やっぱり、人はそう簡単に変われないのかもしれない……。

そういえばあの社長、「自分の意志で金をくれてやるのと、人の悪意で盗まれるのとは全然違う」って言ってたけど、あの言葉はいったいどういう意味だろう。盗まれようが、あげようが、金が減ることに変わりはない。

素直にくれと言ったら金をくれるとも言っていたが、それは本当だろうか？

そんなことを考えていると、なんでも屋のオーナーから一本の電話が入った。

なんと、ある案件を俺一人に任せてくれるというのだ。

一人に任せてくれるということは、もちろん報酬も独り占めできる。

見習い生活三ヶ月目にして、いったいどのような仕事を与えてくれるというのだろうか。

大げさかもしれないが、俺は成功者への第一歩を踏み出したかのような気持ちになった。


―― 数日後 ――


今日は、店先の雰囲気がどことなくいつもと違った。

入口の横に置いてあるベンチに腰かけて一服しようとした時、その「いつも」との違いに僕は気づかされた。

黒い制服のズボンのお尻に、白いペンキがべったりとついたのだ。どことなく感じた「いつも」との違いは、古びた汚いベンチが白く塗り替えられていたからだろう。

「『ペンキ塗りたて』の紙くらい貼っとけよ……」


常連たちの笑いものとなる前に、制服を着替えようと更衣室へ向かう途中、飲食スペースの小さなテーブルの上に『里親探しノート』が置いてあるのを見つけた。

それは数日前、常連の弓子が置いていったノートだ。

そのノートの表紙に白い手形がついている。白くて小さな手形。

おそらく、ベンチに座ろうとして僕と同じような目にあったのだろう。

しかし、その白い手形はあきらかに子どもと思われる。常連が子どもでも連れてきたのだろうか。最近は、子どもの出入りに厳しくなったため、あまり見かけなくなったのだが……。

僕は、更衣室へ向かっている自分の行動を一瞬忘れ、小さな手形がついているそのノートを開いた。数日前よりも、さらに増えている捨て猫情報を読み流しながらページをめくっていると、奇妙なコメントが書かれているのを見つけた。

そのコメントは、真っ白いページの真ん中に、ポツンとこう書かれてある。

『ネコは、ごはんを何日食べなければ死にますか？』

しかも、その字はまるで文字を覚えたてのような〝ぎこちない字〟である。

表紙に手形をつけた子どもが、いたずらで書いたのかもしれない。

とにかく僕には関係のないことだと思い、ノートを閉じて更衣室へ向かおうとしたその時、ズボンのポケットの中で携帯の振動を感じた。

お尻に白いペンキをつけたまま携帯を取り出すと、なんでも屋の見習いをしている宏夢からの着信だった。

以前、店の常連たちと近所の居酒屋へ行った際、宏夢と携帯番号を交換してからちょくちょくかけてくるのだ。

僕は、とっさに数日前のことを思い出した。宏夢が門倉のメダルを盗んだ件で、何か問題でも起きたのだろうか。

しかし、電話の内容は僕の予想とは全く違う用件だった。

「五郎ちゃん、助けて……」

今にも泣き出しそうな宏夢の声は、何かしらの事件に巻き込まれたかのように怯《おび》えていた。僕は、まぬけなズボンを着替えることのないまま、宏夢がいるところへと全速力で向かった。

宏夢が腰を抜かして動けなくなっていたそこは、僕が勤めるパチンコ店から五百メートルほど離れたところにある築三十年ほどのアパートの一室だった。

二階の一番奥にある二〇五号室で待っていた宏夢は、玄関を入ってすぐ右横にしゃがみ込んでいた。

子どものように、すがる声で「五郎ちゃん！　待ってたよ」と言う宏夢に、僕は一つ一つ事情を聞いた。

「ここ、お前んち？」

　すると宏夢は、首を横に振りながら「いや……、客の家」と言い、押入れの方を指さすと、「五郎ちゃん、あそこの中、見てきて」と言った。

　僕は、「死体でも見つけたのか？」と冗談まじりに宏夢の肩を叩きつつ、変な汗をかきながら押入れのふすまに手をかけた。

　三分の一ほど開いていたふすまは湿気で歪んでいたが、両手で力を込めて開けると、ガタンッと一気に開ききった。

　開いたのはいいが、下段の奥に灰色っぽい物体がじっとしている。

「ねぇ、五郎ちゃん……それ、猫……だよね？」

　携帯画面の光をあててみると、その物体は宏夢の言う通りやや大きめの猫のようだ。ペルシャ系の血が入っているのか、グレーがかった長毛《ちょうもう》の種類の猫。

しかし一向に動く気配はなく、下を向いたまま丸まって目を閉じている。


「宏夢……この猫とお前の仕事って、関係あるのか？」

「あぁ、大アリだよ。そいつを動物の引き取り業者に引き渡すのが俺の仕事なんだ」

「業者に……引き渡す？」

「そうだよ、無事に引き渡したらオーナーから三万もらえることになってるんだ」

「三万円も？　たかが猫を一匹引き渡すだけで？　しかも、生きてるか死んでるかもわからないこんな猫を？」

「そう。このアパートの住人から報酬はすでに振り込まれてるらしい。だから、あとはケージに入れて引き渡すだけなんだって」

さらに宏夢は、ぽつりぽつりと真意を話し始めた。

「俺……、猫はダメなんだ」

「ダメって？」

「なんでかわからないけど、猫だけは触れないんだ……」

「じゃあ、なんでこんな仕事引き受けたんだよ」

「だってさ、なんでも屋の仕事をして初めて一人で任された仕事だから……すげぇ張り切っちゃって。ようやくちゃんと金を稼げるって思ったら、一歩前に進めた気がしてさ。俺だってやる時はやるんだっていうか、『今に見てろよ』って思ってたことが叶う気がしたっていうか。ねぇ、五郎ちゃんならそんな気持ちわかるだろう？　母親に対して見返してやりたいって気持ち、五郎ちゃんならわかってくれるよな？」

僕は、宏夢と育った環境も性格も違うけど、ただ一つ共通していることがある。

それは、母親に見捨てられた過去があるということ。

だから、宏夢とはただの「常連客と店員」というより、どことなく兄弟のような感覚に近いのかもしれない。そのせいか、年下の彼に「五郎ちゃん」と呼ばれても別に悪い気はしない。

　そんな幼い頃の苦い思い出を振り返っていると、宏夢が僕の前にケージを置いた。

「五郎ちゃん、店先でノラ猫飼ってるだろ？　だから猫に触れるよね？　そいつ、押入れから出してくれよ」

「!?」

「お願い！　五郎ちゃん、人助けだと思って……いや、猫助けだと思って一生のお願い！」

　そう言うと、宏夢は神頼みをするように僕をおがみ出した。

　改めてアパートの室内を見渡すと、不自然なくらい物がない。大型家具やテレビには差し押さえの紙が貼られていて、あきらかに人が住んでいる気配は感じられない。

「宏夢、もしかしてここ……夜逃げしたあとか？」

「あぁ、オーナーからはそう聞いてるよ」

「生きものを置いていくって、どういう神経してんだよ。しかもこの状態……置き去りにしてから一日二日ってわけじゃないよな」

「……」

「猫も『物』ってわけか」


えらそうなことを言える人間ではないけど、こんなに狭い押入れの中で丸まっている猫を、平気で放っておく人間にはなりたくない。もしこの猫が死んでいるとしたら、このまままここで腐るのを見て見ぬ振りすることになる。

もし死んでいたら、せめて土に還してやろうと思い、僕は勇気を出して押入れの中に手を入れ、丸まっている猫をそっと抱き上げた。


「あったかい……」

長毛のせいで大きく見えたものの、ほとんど何も食べていなかったその身体はとても軽く、二キロあるかないかといったところだ。

やせ細っているその猫は、僕の腕に抱かれると、ゆっくりとまぶたを開いた。

眩しそうに目を細めながらも、腕の中から僕の顔をしっかりと見上げている。


「五郎ちゃん……その猫、生きてる？」

「あぁ、生きてるよ……ちゃんと生きてる」


真冬でなかったことが幸いしたとも言えるが、それにしたって飲まず食わずでいったい何日経っているんだろう。

猫が苦手だという宏夢も、恐る恐る近づき、猫の顔をのぞき込んだ。


「こいつ……かわいい顔してるね」

「あぁ、そうだな。宏夢、なでてみろよ」

「ひっかかない？」

「こんなに衰弱してたら、ひっかく元気なんかないだろ」

宏夢は、ふわふわしたグレーの頭をそっとなでた。

「やわらかい……」

そして、何度も何度も優しくなでた。すると宏夢は、あることに気づいた。

「こいつ、全然鳴かないね。普通、なでられるとニャーッて言わない？」

言われてみれば、そうかもしれない。店先にいるノラ猫のミィちゃんも、弓子になでられるといつも甘えた声で鳴いている。この猫は、押入れから抱き上げた時も、口を開く様子すらなかった。

宏夢は、「腹が減ってて声が出ないのかな……」と言った。

確かに、そうかもしれない。もしかしたら鳴き疲れて声がかれてしまったのかもしれない。

いや、この猫は鳴けないわけでも、鳴かないわけでもない……。

鳴くのをやめたんだ——。

自分を置き去りにした飼い主を待っても待っても帰ってこない日々が続き、いつしか「捨てられた現実」を知ったのだろう。

朝日も希望の光もない押入れの中で息をひそめ、命尽きるのをじっと待っているしかなかったんだ。

僕は、この猫に親近感を覚えた。幼い頃、僕と父を置いて出て行った母親が、必ず帰ってくると信じて待ったあの日々のように、この猫もきっと飼い主の温かい手を待ち続けたに違いない。

すると、荒れ果てたキッチンの隅に、猫用の缶詰が一つ転がっているのを宏夢が見つけた。僕たちは即座にその缶詰を開け、食べやすいよう中のエサをほんの少し床に出してみた。グレーの猫は弱々しくも、ぽつりぽつりとエサを食べ始めた。

その姿を見て、僕はふと疑問を感じた。引き取りに来る動物関係の業者は、こんなに弱った猫を本当に必要としているのだろうか。引き取ったあとの目的は、いったい何なんだろう。

そんなことを考えつつ、僕はあることを思い出した。

『ネコは、ごはんを何日食べなければ死にますか?』

弓子が置いていったノートに書いてあった奇妙な質問も、どこかに置き去りの猫のことかもしれない。いや、もしかすると……。

「どうしたの? 五郎ちゃん」

「宏夢、夜逃げしたやつって子どもいた？」

「さぁ……、うちが夜逃げを手伝ったわけじゃないから、詳しいことは聞いてないけど」

僕は、改めて室内を見渡した。もし子どもと暮らしていたとすると、その子があのノートに書き込んだ可能性もゼロではない。

親の都合で置いていった猫が生きているかどうか心配で、あのノートに書き込んだのではないだろうか。弓子が書いた「動物に関する質問、お気軽にどうぞ」というメッセージを見て、あそこに書き込めば猫を助けてくれるかも……という期待も含まれているのではないだろうか。

ひと通り室内を見渡すものの、やはりほとんど物がない。運びきれなかったと思われる大型家具とテレビと、ゴミ箱が何個か転がっているだけ……。

しかし、そのゴミ箱の中に折りたたんである一枚の紙を見つけ、その紙をゴミ箱から取り出してみた。

「これは……」

折りたたまれた紙を開くと、なんと置き去りにされた猫の絵が描いてあったのだ。

あきらかに子どもが描いたと思われるものの、ふわふわしたグレーの長毛やアゴの部分が白くなっている特徴など、非常に細かい描写である。

漫画のような吹き出しには、「ニャー」と書かれていることから、少し前まではこの猫も普通の猫のように鳴いていたことが読み取れる。

また、絵の中では首輪をつけられていて、その首輪には「ライト」と書かれている。きっと、この猫の名前なのだろう。置いていく際に取り外したのか、取れてしまったのかはわからないが、ともあれ、ここに住んでいた子はこの猫を大事にしてたんだ。

「宏夢、ちょっと待ってて」

「え！　五郎ちゃんどこ行くの？」

「すぐ戻るから、業者が引き取りに来ても、この猫渡すなよ！」

猫がエサを食べている間に、僕はもう一度あのノートを確認してこようと思った。

もしかしたら、何か書き足されているかもしれないし、まだ近くにいるかもしれない。

何にせよ、猫が生きているのか心配で戻ってきたということは確かだろう。通りかかったパチンコ屋の店先でミィちゃんをなでているうちにあのノートを見つけ、ＳＯＳのごとくメッセージを書いた……という憶測が僕の頭の中でふくらんだ。

もはや、ズボンのお尻に白いペンキがついていることなどすっかり忘れ、全速力で店へ向かった。

＊

夜逃げしてから、二週間が経った。

勤めていたスナックのお客さんを通じて、その道の業者に頼んだのだが、決行までの段取りから次の住まいまで手際よく進めてくれ、私たちは人生を再出発することができた。

もちろん、こんな形での再出発はいいことではない……とわかっている。でも、友人の連帯保証人となっていた私は、その友人の裏切りによって一生働いても返すことのできない借金を背負ってしまい、息子と心中することまで考えていた。

そんな時、日頃から相談に乗ってくれていたお客さんが「命を捨てる前に、過去を捨てたらどうだろう？」と投げかけてくれ、さらに、夜逃げをサポートする業者を紹介してくれたのだ。

私は、ほんのわずかだけど希望の光が見えた気がして、心が震えた。

生きられる……息子と共にこれからも生きられるんだ……と。

私が連帯保証人となった友人は、お金の裏切りだけに留まらず、私の夫をも奪っていった。夫と友人がそんなことになっているなどと疑いもせず、友人の役に立てるなら……と私は連帯保証人となった。もちろん、保証人となった時はまだそのような関係になっていなかったのかもしれない。しかし、二人が消える直前、借金を五百万円追加してきたと金融会社の人が言っていた。おそらく、二人で新しい生活を築くために急きょ借り足したのだろう。そして二人は多額の借金を残して消えてしまった。

残された借金を私が払い続けながら、一人息子を育てる……という地獄のような現実で「生きている意味」を見つけることなど到底できない。

夫と友人が消えて二ヶ月が経つ頃、借金の取り立ては激しくなってきて、昼間の仕事だけでは返済が追いつかず、息子が寝ている間の数時間だけスナックで働き始めた。

とはいえ、利息分を払うだけで精一杯の日々が続き、私は本気で心中を考えたのだ。

だから、お客さんが言った「命を捨てる前に、過去を捨てたらどうだろう？」という言葉は、心の奥底まで響いた。そうだ、捨ててしまえばいいんだ……生まれ変わって息子と二人で生きていけばいいんだ……と。

ただ、次の住まいの関係で生きものは絶対に連れて行けないと言われ、飼っていた猫の「ライト」を置いていかなくてはならないことが心苦しかったが、息子を守るためには仕方のないことだと割り切り、首輪をはずし、そして部屋に置き去りにした。

もし、外へ出て暮らすこととなっても、あの子ならきっと飼い主が見つかると思う。顔もかわいいし、性格も穏やかだし、なにより血統書つきのペルシャ猫だから……。でも、そうなった時首輪がついていたら、飼い猫だと思って飼ってもらえないかもしれない。そのため、首輪を取ってからサヨナラを告げた。

思い返せば、私は見栄ばかり張っていた。

アクセサリーも猫も、ブランドを選べば間違いないと思っていた。小さいビルの清掃員をしていた夫と、スーパーでパートをしていた私の給料では、小狭いアパートを借りることがやっとだったのだが、そんな生活をしている息子がバカにされないよう、一流のブランドを身に着けることでコンプレックスを埋めていたのだ。

授業参観には高級スーツを身にまとい、ペルシャ猫は背景が映らないように写真を撮ってブログに載せたり、こんなにも努力してきたというのに、夫が私を裏切るなんて……絶対に許せない。

でも、見栄ではなく本当にお金があったら、こんな思いはしなくて済んだんだろうな。夫や友人に裏切られることもなく、息子にみじめな思いをさせることもなく……。

捨てた過去を振り返りながら、新しい職場へ行く準備をしていると、夜逃げをサポートしてくれた業者から電話が入った。なんと、血統書つきの猫を高く買い取ってくれる人がいるという。

あれから二週間も経っているため、猫が生きてるか死んでるかもわからないけど、もしもまだあの部屋の中で生きているようならお金に換えたい。一円でもいいから、私はお金がほしい。

夜逃げの業者によると、猫を引き取ってくれる人は二十万円もくれるとのこと。通常のペットショップで買った方が安いのでは？と思ったが、金持ちの考えていることなど私にはどうせわからない。

早速、住んでいた町の〝なんでも屋〟に猫の引き渡しを頼んだ。すでに現金で二十万をもらってしまったため、生きていることを強く願った。

また、夜逃げ業者は猫を売った代金を頭金にして車を買うことを勧めてくれた。もしも今の住まいが借金取りにバレてしまった時、いつどこへでも逃げられるように車は絶対持っておいた方がいいとのことだ。今日の夕方、私のような事情を抱える人にも柔軟な対応をしてくれる中古車会社を紹介してくれるとのこと。

私は、生まれ変わる。お金に苦労する人生を卒業するために、愛とか友情なんてもう信じない。

お金さえあれば、息子にみじめな思いをさせることもない。

私たち親子を幸せにしてくれるのは、お金だけなのだから……。

＊

押入れの中にいた「ライト」という名の猫は、きっと愛されていた。

あの絵を見れば、どんなに絵心のない人間だってその想いは伝わるだろう。

動物の引き取り業者に渡すとのことだったが、血統書つきの動物を繁殖させるブリーダーのような業者なのだろうか。なんだかわからないが、とにかく『ネコは、ごはんを何日食べなければ死にますか？』とノートに書き込んだ子どもに、ライトが生きているということを知らせなければ……。

今なら、まだ間に合う。置き去りにしたまま猫が死んでしまったら、手放したことを一生後悔することになる。大げさかもしれないが、一度ついてしまった心の傷は、そう簡単には消えない。ましてや、生きものを見捨てた傷は決して浅くないだろう。

僕は、幼い頃から消すことのできない後悔と共に生きてきた。後悔を抱いたまま生きる人生は、悲しみという名の海の底を泳ぎ続けているかのように、目の前は暗く、そして息苦しい。

あのアパートに住んでいた家族がどんな事情で生きものを置き去りにしたのか知らないが、せめて「猫はまだ生きている」ということは伝えたい。いや、伝えなければいけない。そんな感情に突き動かされた。

勤め先のパチンコ店に着くと、ノートはさっきと同じ飲食スペースのテーブルの上に置かれていた。最近は、常連客たちが一服する時のヒマつぶしがてら、ノートを読むことが習慣となってきている。かといって、誰かが動物を引き取ったということは、まだ耳に入ってきていない。

僕はノートを開き、『ネコは、ごはんを何日食べなければ死にますか?』と書かれている横に答えを書き込んだ。

『ライトはまだ生きてる! 死んだら二度と会えないぞ。れんらくしろ

『080-××××-××××』

　すると、いつものようにパチンコをしていた弓子が僕に注意をしてきた。

「こら！　五郎ちゃん、いたずら書きは禁止よ！　動物たちにとっては命がけのノートなんだから」

「わかってるよ、そんなんじゃないって……」

「それならいいんだけど、最近むやみに捨て猫を引き取る人がいて……困ってるのよ」

「なんで困るの？」

「引き取ったあと残酷なことをして、それをビデオで撮影して高く売るそうなの。ペットショップでは顔が知られていてどこも売ってくれないから、捨て猫を集めたり一般の人から買い取ったりしてるのよ。特に、血統書つきの猫はなかなか手に入らないから、どんな健康状態でも高く買うんだって。そういう人に引き取られないためにも、このノートは真剣に作っていきたいの」

血統書つきの猫は、どんな健康状態でも高く買う……？

「ねぇ、弓子さん。そいつの名前ってわかる？」

「本名か偽名かわからないけど、確か……ヨシザワっていう名前で怪しげな電話がかかってきたことがあるって、駅前のペットショップの店長に聞いたことがあるけど」

僕は、すぐさま宏夢に電話し、引き渡す約束をしている業者の名前を確認した。

すると、嫌な予感は的中してしまった。弓子が教えてくれた「ヨシザワ」という名前と宏夢が約束している業者の名前が一致したのだ。ただ、まだ引き取りに来ていないとのこと。僕はざっくりと事情を説明し、絶対に猫を渡さないよう宏夢に念を押した。

そしてノートを閉じ、すぐさまアパートへ戻った。

宏夢の待つアパートへ着くと、一台のワゴン車が走り去っていった。

階段を駆け上り、室内に入ると、からっぽの猫用の缶詰がポツンとあるだけで、ライトの姿は見当たらない。

「宏夢、お前まさか……」

「いや、だってさ、一応引き取る理由を聞いたら、里親になりたい人に橋渡しするためで、ちゃんと大事にするって。結構いい人そうに見えたし、猫も嫌がってなかったし……」

「あんなに衰弱してたら、抵抗する体力だって残ってないだろう？」

「それにさ、あの猫の飼い主にもう代金を払ってあるんだって」

「ちなみに、いくら払ったんだって？」

「二十万って言ってた」

「は？　あんなに衰弱してる猫に二十万も払ったっていうのかよ！　どう考えたって怪しいだろ」

「そうかなぁ、五郎ちゃんの考えすぎだと思うけど」

「……」

「それに、一応俺の仕事は無事に終わったわけだし、猫もきっと大丈夫だよ」

「『きっと』って、なんだよ」

「まぁまぁ、五郎ちゃん。俺だって信用を失いたくないんだよ。オーナーとの信頼関係もあるし、やると言った仕事を勝手にやらなかったら、もう仕事もらえないかもしれないじゃん」

「お前、そんなことまでして金稼ぎたいのかよ。悪徳業者に動物を売り飛ばして稼いだ金で、何がしたいんだよ」

「俺はただ……いつも言ってるように成功者になりたいだけだよ。金の稼ぎ方を覚えたら、自分で会社作って大金を稼ぐんだ。今日はその第一歩なんだよ。さっきの業者だって、こういう案件があったらまた一緒に仕事しようって言って名刺くれたし」

「宏夢、お前にとっての〝成功〟って何？　金を稼ぐことが成功なのか？　自分を捨てた母親を見返すためなら、どんな方法で金を稼いでもいいって言うのかよ。これじゃ、盗み食いしてた頃と変わらねぇじゃん」

「五郎ちゃんが、そんなきれいごと言う人間だったとは知らなかったよ。どうせ、ここにいたって飢え死にしただけの猫だよ。生きてるか死んでるかわからない人生なら、悪徳業者だろうがもらってもらった方がいいに決まってるよ」

「いい加減にしろよ……そう考えれば自分にとって都合がいいだけだろ?」

宏夢と出会って三年経つが、こんな言い争いになったのは初めてだった。

僕は、特別に猫が好きなわけでもなければ、弓子のように保護する活動に興味があるわけでもない。ただ不幸になることがわかっている命を見て見ぬ振りして引き渡すのは、僕自身また一つ後悔が増えると思ったのだ。

すると、宏夢との言い争いをさえぎるかのように僕の携帯電話が鳴った。

ポケットから取り出して液晶画面を見ると、それは「公衆電話」からだった。

「はい、もしもし」

「……」

「もしもし?」

「あの……」

「誰？」

「ライトが生きてるって……本当？」

「！」

悠斗《ゆうと》と名乗る電話口の男の子は、アパートからわずか三分ほどの公園にいるという。

宏夢は事務所へ戻ると言ったが、宏夢のしたことによって悲しむ人間がいるということを知ってもらいたかったため、公園まで一緒に付き添ってもらった。

さほど大きな公園ではないものの、園内にそれらしき姿は見当たらない。

「五郎ちゃん、いたずらだったんじゃない？」

出口へ向かおうとする宏夢を呼び止め、もう一度公園内を一周した。

すると、小学三年生くらいの男の子が公衆トイレのドアからピョコンと顔を出した。

そして「こっちこっち」と手招きしているその小さな手には、あのベンチに塗られていた白いペンキがべったりとついている。

ノートの表紙についていた手形は、やはりこの子の手だったのだと僕は確信した。

「悠斗君……だよね？　どうしてそんなところにいるの？」

公衆トイレに近づきながらそう質問すると、悠斗は小声でこう答えた。

「かくれてるの。ママにね、アパートの近くへ行っちゃダメって言われてるから……」

それはそうだろう、アパートの大家や借金取りにでもバッタリ会ってしまったら、わざわざ夜逃げしたことが台無しとなる。

「君があのアパートを引っ越したのは、どれくらい前？」

「二週間くらい前……。ねぇ、ライトは本当に生きてるの？　まだあの部屋にいるの？」

「いや、それが……」

「もしかして、もう売られちゃった？」

「悠斗君、そのこと知ってるの？」

「昨日、ママが誰かと電話でライトを売るって話をしてたから……。でも、生きてるか死んでるかわからないって言ってるのを聞いて、どうしてもライトに会いたくなっちゃって。なんで置いていっちゃったんだろうって、すごく悲しくなってきて……」

　悠斗の話によると、今住んでいるところはここからバスで一時間ほどの別荘地だという。空き家となっている古い別荘を掃除して、最低限の荷物で生活しているとのこと。意外と遠くないところでの新生活を語ると同時に、悠斗はライトへの想いを話し始めた。

「ぼくね、ほんとは兄弟がほしかったんだけど、もうできないかもしれないってママが言うから、じゃあ動物を飼いたいって言ったの。動物なら何でもよかったし、高いお金を払って買うような種類じゃなくてもよかったんだけど、『飼うならちゃんとした血統書つきにしましょう』ってママが言って、ペットショップへ一緒に行ったんだ。そこで、まだ赤ちゃんだったライトを見つけて、初めて猫を抱っこしたんだけどさ、ぼくの手の中でゴロゴロ言い始めて……絶対にこの子をぼくの弟にするんだって決めたの」

ぽつりぽつりと思い出を語る悠斗の目には、溢《あふ》れんばかりの涙が溜まっていた。

「毎日一緒に寝てたんだよ……小学校に入学した時からずっと。ライトね、今月で三歳になるから、お誕生日のお祝いしようねってママも言ってたのに……それなのに置いていくことになっちゃって……ぼくも悪いけど、売っちゃうなんてひどいよ！　ママはきっと、いつかぼくのことも売っちゃうんだ！　こんなことになるなら、ぼくもあのアパートに残ればよかった。ライトと一緒に残ればよかった……」

大粒の涙をぼろぼろとこぼしながら、弟分の猫を置いてきてしまった後悔と、二度と会えないかもしれない深い悲しみを語る悠斗の横で、彼と同じくらい宏夢は涙を流していた。

　僕は、絶対にライトを救わなければいけないと思った。


「宏夢、そういえばさっき、業者に名刺もらったって言ってたよな?」

「あぁ……」


　涙声で答えた宏夢は、ズボンのポケットからその名刺を取り出した。


「悠斗君、ライトを売ったお金を返せば、ライトのことを取り返せるかもしれない」

「ほんとに!?　あ、でも……」

「どうした?」

「たぶん、ママはもうそのお金を使っちゃったと思う」

「え?　二十万も……?　いったい何に使ったの?」

「さっき、これから車屋さんに行くって言ってたから……。だから、ママがいない間にこっそり家を抜け出してここへ来たの」

僕と宏夢は顔を見合わせ、何か他に方法はないか考えた。

猫を買った業者のところへ手ぶらで行って、すんなり猫を返してくれるとは思えない。形だけでも金を用意したことにしなければ……。

でも、二十万円も用意することは僕たちにはできない。とはいえ時間もない。

今こうしている間にも、想像もしたくないことが起きているかもしれない。

悠斗の手についた白いペンキを見ながら無力さを感じていると、宏夢が勢いよく顔をあげた。

「あいつだ……あいつに頼もう」

すると宏夢は、悠斗の白い手をぎゅっと握り、一気に走り出した。

そしてたどり着いたところは、僕の勤めているパチンコ店だった。

悠斗の手を引いたまま店内に入ると、途中、店長に「子ども連れは禁止だぞ」と注意されつつも宏夢は先へ進み、スロットマシーンコーナーへと足を踏み入れた。

「お前、まさかスロットで金を稼ごうとしてるのか？」

僕が背後からそう聞くと、前を向いたまま「そんなバカじゃねぇよ」と言い、門倉が座っている席で止まった。

宏夢の気配に気づいた門倉は、タバコをくわえたまま面倒くさそうに振り返った。

「なんだ、なんでも屋の小僧か。またメダルを盗みに来たのか？」

「いや、違う。今日は盗みに来たんじゃない、金を借りに来たんだ」

いつもはヘラヘラしている宏夢が、真剣な顔でそう言った。

「お前、貧乏しすぎて頭おかしくなったんじゃねぇか？」

「なんとでも言ってくれよ」


そう言うと、宏夢はその場にしゃがみ込み、門倉に向かって土下座をした。


「社長、お願いします！　二十万貸してください！」

「は？　何言ってんだ？　ってゆーか、その子はお前の子か？」

「いや、違うけど……」

「子どもをダシにして金貸せって、お前、どこまで落ちたんだ？」

そう言うと門倉は再びスロットマシーンに身体を向け、ゲームを再開した。

僕は、先日門倉に質問されたことの答えを真剣に伝えようと思った。

「門倉さん、『何のために生きてるんだ？』って僕に聞きましたよね？」

「……」

「僕はバカだけど……バカはバカなりに真剣に考えて答えを見つけました。自分は何のために生きてるのか……。きっと、僕は『何のために生きているのか』それを見つけるために、今を生きてるんだと思います」

「！」

「そんでもって、僕が今生きていることで救える命が一つあるんです。二十万あれば、守れる命が一つあるんです。金がないことで守れなかったと後悔したくない……だから門倉さん、お願いします。僕らに二十万貸してください！」

門倉はスロットマシーンの手を止め、ゆっくりと振り返りこう言った。

「二十万あれば、何かを守れるのか？」

僕と宏夢は、門倉を見上げながら大きくうなずいた。

「お前ら、本当にバカだな。この間俺が言ったこと忘れたのか?」

「……」

「俺は、金を貸してやるなんて一言も言ってない。くれてやるって言ったんだ」

席を立ち上がった門倉は、スロットマシーンの上部にある荷台からポーチを取り下ろし、分厚い財布の中から一万円札二十枚を僕らに差し出した。

「いいか、よく覚えとけ。この金を生かすことができたら、金は自然と返ってくる。盗んで無駄に使った金は消えて終わりだ。でも、生かすことのできた金は消えることなく返ってくるんだ」

「金が……返ってくる……?」

宏夢は、まるで教師に質問するかのような目で門倉を見ていた。

「そうさ、かわいい子には旅をさせよって言うだろう？　旅をさせると、一回りも二回りも成長した我が子が帰ってくる。金も同じで、大事に大事に育ててきた金に旅をさせると、ちゃんと成長して返ってくる。商売ってのは、金を育てるようなもんなんだ。お前たちに渡した金は商売が目的じゃないけど、盗まれて消える金じゃない。きっとどこかで生きるだろう。ま、俺が生きているうちに返ってくるかはわからねぇが、せいぜいグルッと旅させるがいいさ」

力強い目でそう語った門倉は、まさに「社長」のオーラを放っていた。

この人の本当の姿は、みんなが言うような〝道楽社長〟なんかじゃない……。

自分の生きる道を自分で決め、そして人生をしっかりと歩んでいる。そうでなければ、代々続く老舗の会社の社長なんて、務まらなかったはずだ。

門倉の本当の姿を知った僕らは、パチンコ店を出て悪徳業者の事務所へと向かった。

名刺に書かれた住所は、車で四十分ほどの距離と言える。店長に車を借り、高速を使って最短で向かうと、十分ほど短縮することはできたものの、辺りはうっすら暗くなっていた。

「ライト……いい子にしてるかな」

猫が買われた本当の目的を知らない悠斗は、久々の再会に胸を躍らせている。

もしも、時すでに遅し……という状況だったらどうしよう。ライトの変わり果てた姿を悠斗に見せるわけにはいかない。

「悠斗君、ライトを返してくれるようにお兄ちゃんたちが話してくるから、車の中で待っててくれるかな?」

「ぼくも一緒に行きたい」と言っていた悠斗だが、ライトを取り返すために大事な話をしなければならないから……と説得し、車の中で待機してもらうことにした。

悪徳業者の事務所に着くと、そこはごく普通の三階建てマンションだった。

階段で三階まで上り、三〇三の部屋の前へ行くと「吉沢」と表札に書かれている。弓子が言っていた「ヨシザワ」と名乗る男と同一人物だろう。

チャイムを押して数秒待つと、ドアの向こう側から「はい」という声がした。

すると宏夢が機転を利かし、ドア越しにこう言った。


「あ、どうも！　さっきグレーの猫を引き渡した〝なんでも屋〟っす。また高級な猫が手に入ったんで、ぜひ吉沢さんに引き取ってもらえればと思いまして」

内側からガチャッと鍵を開ける音がして、ドアの隙間から吉沢と思われる男が顔を見せた。一見、動物を虐待するようには見えない大人しそうな三十代の男性だ。

「ああ、あんたさっきの……。で、猫は？」

「下に停めてある車の中っす。その前にちょっとご相談がありまして」

そう言うと、宏夢は門倉から受け取った二十万円を吉沢に見せた。

「これで、さっきの猫を一旦返してもらえませんかねぇ」

「え？　それは困るなぁ……」

「なんで困るんですか？　二十万で買い取ったんですよね？」

「それはそうだけど……僕は頼まれてる身だから」

「頼まれてる？　誰に？」

「……」

こうしているうちにも、この部屋の奥で残酷なことが行われているかもしれない。

徐々に焦りを感じてきたその時、吉沢がこんな提案をしてきた。

「じゃあ、そのお金と引き換えにさっきの猫を返すから、新しく持ってきた猫を半額の十万で譲ってよ」

一瞬、吉沢が何を言っているのか理解できなかったが、整理してみるとこういうことだ。まず、吉沢が二十万で買ったライトを、二十万で交換する。そのあと、新しい猫を十万で吉沢が購入する。すると吉沢の手元には十万が残る。誰かに頼まれていると言っていたから、その依頼主に新しい猫を「二十万で買った」と言えば、吉沢は十万を丸々自分のものにすることができる。

なんて汚いやつだ……と思いつつも、今はとにかくライトを引き渡してもらうことを優先させたい。こいつがいくら儲けたかなんて、どうでもいいことだ。

ただ、門倉に言わせたら、吉沢の金の稼ぎ方は盗んでいることと変わらない。仲間をだまして儲けた金は、生きずに使って消えるだけ……。

「わかりました。じゃあ、そうしましょう」

宏夢はぎこちない笑顔でそう答えた。

吉沢の後ろに続き、部屋の奥へ進むと、そこには目を疑う光景が広がっていた。


「なんだよ、これ……」


広さ二十畳ほどのリビングには、部屋の隅々にビデオカメラが何台も設置されており、ロープやのこぎりなど危険な刃物が散らばっている。

棚には、動物たちの変わり果てた姿がパッケージとなっているＤＶＤが、ずらりと並べられている。それは、目をそらさずにはいられない画像だった。

吉沢は、猫が入っていると思われるケージを、奥の部屋から持ってきた。

ケージの中をのぞくと、弱々しく丸まっているライトの姿があった。

ひとまず無事を確認でき、僕と宏夢は胸をなでおろした。

しかし、ライトを連れてきた部屋の方から、複数の子猫の鳴き声が聞こえてくる。

僕は、できるだけ自然をよそおって吉沢に聞いてみた。

「あのぉ、あっちの部屋には何匹くらいの猫がいるんですか？」

「今は七、八匹ってとこだな。前まではもっと簡単に手に入ったんだけど、今は色々と難しくなってね。ペットショップも、身分証出せとかうるさいこと言いやがるから、あんたたちみたいな〝なんでも屋〟と組めることになって、ほんとラッキーだよ」

「……ふざけんなよ」

「え？」


今までずっと「お調子者」を演じていた宏夢が、我慢の限界を超えてしまった。


「お前と一緒に仕事する気なんてねぇよ、この変態野郎。なんでも屋をナメんなよ」

「なんだよ急に……でも、こういう仕事して食ってんだろ？　えらそうなこと言うな」

「あんたのしてることが仕事だって？　笑わせんじゃねぇよ、生きものの命をもてあそんで稼いでることを〝仕事〟なんて言うんじゃねぇよ！」

一見、動物を虐待するようには見えない吉沢の優しそうな瞳は、一転して氷のような冷たい目に変わった。そしてリビングに散らばっていた刃物を手にして、宏夢に向かって振り上げた。

その時、間一髪と言わんばかりにチャイムが鳴った。我に返った吉沢は、振り上げていた刃物を床に投げ捨て、玄関の方へ向かった。

宏夢と僕は、止めていた息をゆっくり吐き出し、吉沢の狂気的な本性に怯えた。

そして顔を見合わせ、吉沢の仲間が来たのではないかと玄関の方をゆっくり見てみると、そこには悠斗の姿があった。

「おにいちゃんたち、遅いから心配になっちゃって……」

気が荒れている今の吉沢は、幼い子どもに何をするかわからない精神状態だ。

一刻も早くライトと悠斗を連れて車へ戻らなければ……。けれども、このまま帰ってしまっては、奥の部屋にいる猫たちがあのパッケージのように無残な姿にされてしまう……。

気が動転していると、悠斗の背後から警官が姿を現した。

「お巡りさんがね、車の中に一人でいたら危ないよって言って、ここへ連れてきてくれたの」

悠斗が手にしている吉沢の名刺を見て、保護者がここにいると思ったのだろう。

同行してくれた警官に向かって、僕はとっさに質問した。

「お巡りさん、動物虐待って罪になりますよね？」

数分後、吉沢の住むマンションは数台のパトカーに囲まれた。

そして、動物愛護法第27条により、動物虐待、動物遺棄、および虐待目的で引き取った詐欺罪で吉沢は逮捕された。

リビングの奥の部屋にいた猫たちは、弓子の協力を得て動物ボランティアの人たちにすべて保護してもらった。とは言っても、それぞれが手分けして一時的に預かることで精一杯のため、あの店先に置いてある『里親探しノート』を活用し、引き続きもらい手を探す方向で話はまとまった。

僕たちは、事件の参考人として警察に協力することとなり、宏夢と悠斗と共に近くの警察署で一時間ほど話をした。

すると、動物を買い集めて虐待していた吉沢と、悠斗の母親が購入した中古車の販売店がつながっていることが判明した。

まず、血統書つきの猫を高く買うと言って、吉沢が悠斗の母親に二十万渡し、今度は車の販売業者を紹介すると言って、二十万を頭金として高い利息のローンを組ませて悠斗の母に車を買わせる。

結局、猫を買うために支払った二十万は、インチキ中古車販売店によって回収され、猫たちの虐待DVDを売ったお金と、適当な盗難車を売り払った代金をやつらで山分けする仕組みになっていたのだ。

悠斗の母親に夜逃げを勧めたスナックの客をはじめ、夜逃げを手助けした業者も、猫を買った吉沢も、中古車と偽り盗難車を売った販売店も、すべて詐欺グループによる計画的な犯行だった。

被害にあった悠斗の母親は、警察署で被害届を出したあと、ライトを抱いている悠斗のところへ来て「ごめんね……ライトと引き離しちゃってごめんね……」と言った。

信頼している人たちに、次々と裏切られた悠斗の母は、絶望的な様子で待合室の椅子に座ると、両手で顔をおおって泣き出した。子どものように、わんわんと声を出して泣いている。

世の中の誰が味方で誰が敵か、何が正解で何が不正解か、そしてどこへ進み、どのように生きていけばいいのか……。そんな行き場のない感情と現実を抱え、悠斗の母は身も心も壊れかけていた。

数分間泣き続けていた悠斗の母親は、ふと顔をあげ、誰にも聞こえないくらいの小声で「死にたい……」とつぶやきフラフラ歩き出した。

僕は、嫌な予感がした。今のこの精神状態では、本当に死んでしまうかもしれない。とはいえ、命をつなぎ止めるための言葉が一つも見つからない。

するとフラフラ歩いている悠斗の母親の背中に向かって、宏夢がサラッと言葉をかけた。

「悠斗の母ちゃん、あんたが死んだら悠斗はどうやって生きていけばいいんだよ」

「……。さぁ……」

「おい、しっかりしろよ。母親だろ！」

宏夢のその言葉に刺激された悠斗の母親は、フラフラ歩く足を止め、振り返って反論した。

「うるさい！　あんたに何がわかるのよ！　親になったこともないくせに、わかったようなこと言わないでよ！」

「親の気持ちなんてわかんねぇし、見捨てる気持ちもわかりたくもねぇよ！　でも、親のいない子どもの気持ちは……わかっちまうんだよ！」

「……！」

「どうにもなんねぇんだよ……守ってもらいたい時に親がいねぇと、つらくてつらくてどうにもなんねぇんだよ……抱きしめてもらいたくても、抱きしめてもらえなくて、心にでっかい穴があいちまうんだよ。その穴を埋めるために色んなもんを埋めてみるんだけど、全然埋まらねぇ……親の愛情に代わるものは、どこにもねぇんだよ！」


涙まじりの宏夢の叫び声は、警察署内に響き渡った。

悠斗の母親は、宏夢の言葉が胸に刺さったのか、その場にしゃがみ込んで再び泣いた。泣いて泣いて、涙がかれるのではないかと思わされるほど泣いていた。

こんな時にかける言葉など見つかるわけもなく、僕らはただただ見守るしかなかった。そう思っていた次の瞬間、かすかに猫の鳴き声が聞こえた。

声のする方を見てみると、それは悠斗に抱かれているライトの声だった。

みんなの視線が集中すると、ライトはもう一度小さな声で「ニャァ」と鳴いたのだ。

「マジかよ……」

僕と宏夢は驚いた。数時間前、暗い押入れの奥で衰弱していたあの時の猫とは思えないほど、かわいらしい声で鳴いたのだ。生きてるか死んでるかもわからない日々を過ごし、飼い主を待つ希望すら失っていたあの猫が、悲痛の叫びでもなく、涙を流すかのような泣き声でもなく、愛しい飼い主に甘えた優しい声で鳴いている。

「ママ、泣かないで。きっと、ライトもそう言ってるんだと思う」

震えている母親の肩に、悠斗は小さな手のひらを乗せてそう言った。

母親は、両手で顔をおおったまま、とぎれとぎれの言葉で悠斗に答えた。

「ごめんね……ダメなママでごめんね……悠斗がみじめな思いをしないように、がんばってもがんばっても失敗ばっかり……」

するど悠斗は、「ぼく、みじめだなんて思ったことないよ」と言いながらズボンのポケットに手を突っ込み、折りたたまれた一枚の紙を取り出した。それを母親に差し出しながら、こう言った。

「これだけは、捨てたくなかったの……」

折りたたまれた紙を受け取った母親は、ゆっくりとその紙を開き、「これは……」と記憶をたどるように見つめていた。

僕らは、母親の背後からそっと紙をのぞき込んだ。するとそれは、カラフルな絵具を使って悠斗が描いた絵だった。その絵は、高級な車の絵でもなければ、ブランドを身にまとった母親の姿でもない……。素朴な白いTシャツ姿の母親と一緒に、屋台のリンゴアメを手にしている絵だった。

悠斗が「これだけは捨てたくなかった」と言うものは、母親と二人で夏祭りへ行った、かけがえのない「思い出」の瞬間だったのだ。その絵の中の二人は、満面の笑みで見つめ合っている。

そして、じっと絵を眺めている母親に、悠斗はこう語りかけた。

「ぼく、この時嬉しかったんだ。パパが出て行っちゃったあと、ママはずっと元気なかったけど、夏祭りでリンゴアメを食べながら『おいしいね』ってママが笑ったの。この絵を見るとね、あの時のママにいつでも会えるんだ。ぼく、ママの笑顔が大好き。ママが笑っていてくれたら、きれいなお洋服もごちそうも何もいらないよ。だから、もう泣かないで。ねえ、ママ、今年も夏祭り行こうよ。一緒にリンゴアメ食べようよ」

母親の目から、再び大粒の涙がこぼれた。それは悲しみの涙ではなく、真の愛に気づいた優しい涙だった。

人は、言葉にだまされ、言葉に傷つけられ、そして悲しみの底で溺れてしまう。

でも、その悲しみの底から救ってくれるのも言葉。ただ、その言葉は人間の声とは限らない。互いを必要とし合う「心の声」によって、人も動物も悲しみの底から救い出されるのかもしれない。

母親をなぐさめる悠斗の姿を見ていた宏夢が、何かを思い出したかのようにポケットに手を突っ込み、取り出したものを母親に差し出した。

「悠斗の母ちゃん、これやるよ」

それは、門倉にもらったあの二十万円だった。

動物虐待の悪徳業者も逮捕され、行き場のない金となった二十万円を悠斗の母親に渡し、宏夢はこう言った。

「きっと、逃げなくても生まれ変われるよ。でもそれは、お金のお陰じゃない、あんたが悠斗を守りたいと心から思う気持ちがあれば……さ。この金で借金のことを弁護士に相談するんだ。一からやり直すために過去を捨てて逃げるんじゃなくて、ゼロからスタートするために使ってよ」

「でも、そんな……」

「金は天下の回りものって言うだろう？　その金は、きっとまた俺のとこに返ってくる。だから気にせず、悠斗とライトのために使えばいいよ」

そのセリフは門倉のウケウリだったが、きっと宏夢の本心でもあるのだろう。

悠斗の母親は、泣きながら「ありがとうございます」と何度も僕らに伝え、そして悠斗を思いきり抱きしめていた。

「ごめんね、悠斗……お金のためにライトのことを手放しちゃって、ごめんね……。また貧乏させちゃうかもしれないけど、こんなママでも一緒にいてくれる？」

「当たり前だよ。ママが嫌だって言っても、ずっと一緒だからね」

「ありがとう……悠斗、ありがとう」

抱き合う親子を見上げるライトは、再会できた家族との喜びを表現するかのごとく、喉をゴロゴロと鳴らしている。

ライトはもう、飼い主への期待を捨て、生きる気力をなくしていた「鳴かない猫」ではない。人間の手のぬくもりに再び触れ、甘えられる幸福感を取り戻したのだ。

そして二人と一匹の家族は、これから始まる本当の新生活に向け、ゼロというスタート地点に立ったのだった。

＊

時に、人は金に振り回されることがある。

悠斗の母親のように、人生を狂わされることもある。でも、「金を生かすこと」ができたら、大切なものを守る武器に変わる。

「お前……、何のために生きてるんだ?」と言い放った門倉の言葉は、改めて自分自身の生き方と向き合うきっかけになった。

何のために働き、何のために金を稼ぎ、何のために僕は生きるべきなのか。

そして、その答えを探すために生きてみようと強く感じた。

成功者になるという漠然とした夢を抱いていた宏夢は、今回巻き込まれた猫の詐欺事件を機に、何か大きなものを得たように見える。

盗んだ金も、稼いだ金も、もらった金も、金額は同じだとしても、それを生かすか消すかは手にした人次第なのだ。

人生を再出発した悠斗の母親も、あの二十万円を生活の火種とすることによって、一寸先に光を灯すことができるだろう。たとえ金としての形がなくなったとしても、大切な家族を守るために灯された光は消えることなく輝き続ける。

ライトと悠斗の絆によって、僕らは本当に大切なことを教えてもらった。

それからしばらく平和な日々が続き、いつものように休憩室でタバコをふかしながら窓の外を眺めていると、一階の方から「五郎ちゃん！」という弓子の声が聞こえた。

（どうせ、またミィちゃんのエサでも持ってきたんだろ……）

タバコの火を消し、弓子が待つ店先へ向かうと、なにやら真剣な顔で『里親探しノート』を開いている。

「五郎ちゃん、これ見て……」

そこには、水が入ったバケツの中で見上げている小さい白猫の写真が貼られていた。水は、子猫の口元ぎりぎりまで入っていて、犬かきのようにもがいている様子がうかがえる。雨でも降ったら確実に溺れてしまう……。

しかも、そのページには場所や経緯を記す解説などは一切書かれておらず、写真が一枚貼ってあるだけだ。

不注意によって落ちてしまったのか、それとも誰かの悪意によって入れられてしまったのか、何にせよ、この写真を撮った人物は見て見ぬ振りをした……ということになるのではないだろうか。

一刻も早くこの場所をつきとめなくてはならないが、手掛かりが何一つ見つからない。

僕は宏夢に電話をかけ、この子猫の場所と撮影した人物を探すことを依頼した。

第二話　絆のかけら

宏夢に電話をかけると、故障寸前ではないかと思うような音のする原付バイクに乗り、ものの数分でパチンコ店へ現れた。かん高いエンジン音は、キーをオフにしたあとも耳の中でざわついている。

「宏夢、いい加減バイク買い替えた方がいいんじゃない？」

「五郎ちゃん、そんな金あるわけないの知ってるよね？　このバイクだって粗大ゴミで見つけて、知り合いに修理してもらったやつなんだから」

「……ってことは、タダ？」

「違うよ、タイヤ交換代で七千円もかかった。中古のタイヤだっつーのに……」

これが本当に〝成功者〟を目指しているやつの発言か？と聞きたくなったところで、弓子が「宏夢ちゃん、これ見て」とノートに貼られていた写真を見せた。

バケツの中から見上げている小さな白猫の写真は、何度見ても見慣れず、心がつねられたようにチクッとする。

「なんだよ、これ……。口の下ぎりぎりまで水が入ってるじゃん。このままじゃ溺れ死んじまう……」

「ええ、そうなの……。どうしてこんなことになったのかわからないけど、宏夢ちゃんの言う通りこのままじゃ溺れ死んでしまうわ」

「で、ここどこ？」

「だから、それを宏夢ちゃんに探してもらいたくて呼んだのよ」

「え？　この写真一枚を手掛かりに、場所を探せっていうの？」

自信のない発言をする宏夢に対し、弓子はさらに後押しした。

「ね、宏夢ちゃんお願い、探してあげて。こんなに小さかったら、自力で這い上がるのは絶対に無理だし、雨でも降ってきたら命が……」

弓子の言葉に心を動かされたのか、宏夢は「俺、猫苦手なんだってば……」と小声で言いながらもノートを受け取り、まじまじと見つめた。

「あれ？　ここはもしかして……って、わかるわけねーよ！」

そう冗談を言い、宏夢はドカッと店先のベンチに腰かけ、自分の横にノートを勢いよく置いた。すると、その拍子にノートから二枚の写真がハラリと落ちた。どうやら他のページに挟まっていたものと思われる。その写真を手に取った宏夢は、再び「ここは……」と言った。

「どうした？　宏夢、また冗談か？」

「いや、今度はマジだよ……ここは確か駅の裏手にある雑木林じゃないかな。不法投棄が最近多いって聞いて、うちの社長と見に行ったことがあるような……」

「わざわざ社長とゴミの山を見に？」

「あぁ、そこの土地の所有者に、不法投棄されたゴミを片づける提案をすれば金になるかも……って」

宏夢の勤める〝なんでも屋〟の社長は、通称「ハイエナ」と言われるほど、あらゆることを仕事につなげる才能の持ち主だそうな。

ともあれ、僕と弓子は宏夢が手にしている写真を横からのぞき込んだ。すると、その写真には周囲の景色が少し写っており、竹や木がまじり合っている山の中のようなところだと見受けられる。

写真を囲むように三人で見ていると、弓子の足元から「ワォン」と低い声で鳴く大きな犬が僕を見上げてきた。僕の記憶が確かなら、「名犬ラッシー」で活躍していたあの犬と同じ品種だ。親しみやすい顔はしているものの、バケツの中の子猫より数十倍大きい犬に見上げられても、正直、僕はかわいらしさをあまり感じない。

「弓子さん、さっきから気になってたんだけど、この犬……弓子さんの犬？」

「あ、この子？　門倉社長のうちのユメちゃんよ。時々お散歩のアルバイトをしてるの」

弓子は名犬ラッシーの頭をなでながら笑顔で答えた。

宏夢は、「へぇ〜、なんだかあの社長には似合わない犬だな。ドーベルマンの方が似合うのに」と言うと同時に、犬のユメが写真の匂いをクンクンと嗅ぎ出し、べろんべろんとなめ始めた。

「お、おい、ちょっと……」

宏夢は、よだれのついた写真を自分のズボンで拭き、「こいつ腹減ってんじゃやない？」と弓子に言った。

「ヤギじゃあるまいし、紙を食べるわけないでしょ。この写真に猫の匂いでもついていたのかもしれないわね。犬の嗅覚は人間の数万倍って言うから」

言われてみれば、ノートにはさんである写真は撮ったその場で現像されるポラロイド写真だ。子猫の匂いがついていても不思議ではない。だとすると、ユメに写真の匂いを嗅がせて子猫の居場所を探すことはできないだろうか。いや、警察犬でもあるまいし……。そう思っていると、僕の心の中を読むかのように、宏夢が「じゃあ、こいつに子猫を探してもらおうよ」と、まるで名探偵が事件を解決したかのように目を輝かせて提案してきた。「訓練を受けてる犬じゃあるまいし……」という弓子の声も聞かず、宏夢はこうも付け足した。

「ところで五郎ちゃん。この子猫を見つけたら、いくら払ってくれんの？　もちろん仕事だよね？」

「いくらになるかは、お前の運次第だ」

僕は、事前に用意しておいたスロットマシーン用のメダル五十枚を宏夢に渡した。

するど宏夢は、「おっしゃ！」と気合いを入れた様子で、メダルが入ったビニール袋をバイクのグリップにひっかけ、「俺、運だけは持ってる男だから」と親指を立てながら根拠のない自信をアピールして見せた。そしてノートにはさんであった写真をダメモトでユメに嗅がせ、弓子と宏夢は雑木林へ向かった。

二人の後ろ姿を見送った僕は、ノラ猫のミィちゃんにエサをあげたのち、店先の掃除を始めた。というのも先週、僕は店長に呼び出され、社員にならないかと言われたのだ。

たんぽぽの綿毛のように意志もなくこの地に根をはっていたため、まさかここで責任ある仕事を任されるとは三年前には想像もしていなかったが、人に高く評価してもらうことは決して悪い気はしない。僕は本気で社員になることを考えてみようと思っている。そのため、今までのようにサボってばかりではいけないと思い、子猫探しは宏夢の役割としてお願いすることにしたのだ。

そもそも、僕は特別に猫が好きなわけでもなければ、動物保護の活動をしたいわけでもない。たまたま店先に住み着いているノラ猫にエサをやったり、たまたま置いてある弓子のノートをめくる程度で、たまたまの連続によって動物とかかわっているだけなのだ。

気持ちを切り替えて店の前をホウキで掃いていると、「よお、五郎。またサボってんのか?」と背後から声をかけられた。振り返ると、黒い高級革ジャケットを着た恰幅のいい門倉が、小脇にブランドのポーチを抱えて立っていた。

「あ、門倉さんどうも。ってか、サボってないですよ、これでも店長候補ですからね。いつまでもボーッと立ってるだけの僕じゃないですから。それより、たった今弓子さんが門倉さんちの犬を散歩させてましたよ。ここに来る時間があるなら自分で散歩させればいいのに」

「バカ野郎、俺が散歩させたらあのババアがパチンコする金が入らなくなるだろ。そうなったら、こんな小さい店みるみるつぶれちまうぜ」

門倉のこういう発言は、今までだったら「苦労知らずの道楽社長のたわごと」として聞いていたかもしれない。けれど、猫のライトの件で彼の本質を知ってからは、一つ一つの言葉に意味が含まれていると思うようになった。

「それにしても、あのババァ、またこんなところに私物を置いてやがる」

そう言って、門倉は弓子が置いていったノートを手にした。そしてズボンのポケットから小銭を取り出し、自動販売機でお決まりの缶コーヒーを購入すると、ベンチでコーヒーを飲みながらノートをペラペラとめくった。

「ほんとに、よくやるよなぁ……」

保護された動物の写真と解説に目を通しながら、門倉は感心するようにつぶやいた。

さらに、先ほど宏夢や弓子と一緒に見ていたバケツの中の子猫の写真を見た門倉は、一瞬表情がこわばり、飲んでいた缶コーヒーの手を止めた。

「おい五郎。この写真には、どこで撮ったとか何も説明がないのか？」

豪快な性格の門倉でも、やはりかわいそうな子猫の写真を見ると胸が痛むのだろう。

「そうなんですよぉ、どこでどうしてバケツに入っているのかわからないんですけど、その写真の他にも二枚写真がはさまれていたんで、それを手掛かりに弓子さんと宏夢が探しに行きました。あ、門倉さんちのユメも一緒に」

「ユメも？」

「ええ、写真に猫の匂いがついていたのか、ユメが写真をなめ回していたので、もしかしたらユメの嗅覚で探し出せるんじゃないかってことになって、さっき雑木林へ行きましたよ」

「雑木林って、駅の向こうの……？」

「はい、今はゴミの山になっているという雑木林です」

「……」

「門倉さん、その猫のこと気になります？」

「いや、そういうわけじゃ……。ま、気の毒だなと思ってな」

するとと門倉はノートをそっと閉じ、残りのコーヒーを飲み干すと、「じゃーな、五郎。ちゃんと仕事しろよ」と言ってベンチから立ち上がり、駐車場の方へと向かった。

「あれ？　もう帰っちゃうんですか？　今来たばっかりですよね？」

「ま、これでも社長だからな。たまには仕事しないと」

「たまにって……。じゃあ、お気をつけて」

頭の横で手を軽く振り、あばよと言って門倉は帰って行った。

＊

「弓子さん、犬の散歩のバイトっていくらもらえるの？」

なんでも屋の事務所にも、時々ペットの散歩をする仕事が入るのだが、定期契約をしないとなかなか金にならない仕事なのだ。

「そうねぇ、ユメちゃんの場合は一回二千円くらいかしら。一ヶ月にまとめてもらうから、細かく計算したことはないわねぇ」

「主婦はお気楽でいいよな……」

「気楽じゃないわよぉ、生活がかかってるんだから」

「でも、弓子さんって確か旦那さんと一緒に金物屋さんしてるよね？」

「してるというか、仕方なく維持してるというか、夫の両親から引き継いだ店だからしょうがなく守ってるけど、自分たちが食べるだけで精一杯よ」

「じゃあ、食べていけてるじゃん」

「自分たちの分はね。あとは、保護した動物たちのごはんやトイレの砂やシートとか、色々お金がかかるの」

「へぇ……よくやるね。でもさ、どうして動物保護なんて一円にもならないことやってるの？」

「一円にもならない……って、まぁ、確かにお金にはならないけど、それよりも大切なことを得るからかしら」

「お金より大切なこと？」

「そう、具体的な言葉にするのは難しいけど、小さな命を救うことで、お金では買えない『癒やし』をもらっている気がするの。心にぽっかりあいている穴を埋めてくれるというか、言葉ではない絆を感じるというか……。なにより、娘が動物好きでね」

「ふーん、俺にはよくわかんないや。ってか、弓子さんて娘がいたんだね。いくつ？」

「今年で二十歳よ。身体の弱い子でね、あまり外には出られないんだけど、ほら、動物がいたら寂しくないでしょう？」

いつも明るい弓子にも、色々な事情があるんだな……と思いつつ、たわいもない会話を続けながら進んでいくと、線路を渡りきる手前で弓子が「あら?」と言って立ち止まった。

弓子の目線の先を見ると、線路の横で仰向けになっている人の姿が見える。


「嘘だろ……ひかれたのか?」


しかし、近くに電車が通ったような跡もなく、路面に血液がついている様子もない。

俺は、弓子の小さな背中を盾にしながら、横たわっている人に近づいた。

すると、弓子が突然「しょう……君?」と、その人物に声をかけたのだ。

紺色のパーカーを着た十代半ばの〝しょう君〟は、驚いた顔でこちらを見ながらゆっくりと身体を起こし、「弓子さん?」と言った。

「やっぱり、しょう君だったのね! ちょっと、何してるの? 変なこと考えてるんじゃないわよね!?」

叱るように確認した弓子に対し、〝しょう君〟はキョトンとした顔で「お空がきれいだったから」と答えた。

弓子は、自分より遥かに背の高い〝しょう君〟の両腕をギュッとつかみ、線路から離れたところへ移動させた。そして服についた砂ぼこりを手で払ってあげていると、門倉の犬のユメが彼に飛びつき、顔をなめ回し始めた。俺は、単純な質問を投げかけた。

「ずいぶんと彼になついてるようだけど……」

「そりゃそうよ、しょう君はユメの飼い主なんだから」

「え？……ってことは？」

「門倉社長の息子さんの、祥太郎《しょうたろう》君よ」

一見、高校生くらいに見える門倉の息子の祥太郎は、言葉づかいや動作はまるで小さな子どものようだ。町内一の金持ちの息子ゆえ、甘やかされて育つとこうなるのだろうか。

首からは高価なカメラをぶらさげている。そんな祥太郎の顔を、ユメは尻尾を振りながらなめ続けている。

ともかく、お坊ちゃん育ちの祥太郎に、俺は何て話しかければいいかわからず、「タバコでも吸うか？」と聞きながらポケットの中をさぐった。

「バカね、宏夢ちゃん。祥君は未成年よ！」

弓子に叱られつつもポケットからタバコを出した瞬間、探しに行くはずだった子猫の写真も一緒に出てきた。その時、ユメとじゃれ合っていた祥太郎がその写真を拾い、「あ、ニャンちゃんだ」と言った。

「ニャン……ちゃん？」と、弓子は祥太郎に聞き返した。

「そう、これニャンちゃんだよ。オトさんがいつも行ってるパチンコ屋のミイちゃんより小さい子猫のニャンちゃん」

どうやら、「ニャンちゃん」というのは名前ではなく、猫のことをそう呼んでいると思われる。また、「オトさん」とはおそらく「お父さん」のことだろう。

(そうか、ユメは猫の匂いに反応したんじゃなく、祥太郎君の匂いがしたから写真をなめたんだ)

俺は、恐る恐る真相を聞いてみた。

「祥太郎君、君がこのバケツに子猫……ニャンちゃんを入れたの?」

「うん、そうだよ! かわいいでしょう? みんなに見てもらいたくて、ノートに写真を貼ったんだよ。でもシールが一枚しかなかったから写真を一枚しか貼れなくて、あとの二枚ははさんだの」

祥太郎は、悪びれた様子一つ見せず、それどころか誇らしげにそう言った。

弓子と俺は顔を見合わせ、何と言っていいか戸惑ったが、弓子は小さな子どもに言い聞かせるように話し始めた。

「祥君、どうしてニャンちゃんのことをバケツに入れたの？」

「バケツ？　バケツじゃないよ、お風呂だよ。ニャンちゃんは産まれたばっかりだから、お風呂に入れてあげたの。ぼく、テレビで見たことあるんだ。産まれたばかりの赤ちゃんが、病院でお風呂に入れてもらってたところを。でもさ、ニャンちゃんはお母さんと離れ離れになっちゃってかわいそう」

そう言うと、祥太郎は目に涙を浮かべながら写真を指でなぞった。この子は、なんて純粋なんだろう。なにより、いたずらによって子猫がバケツに入れられたのではなく、少し救われた気持ちになった。

でも、ノートに何か一言くらい書いてくれればよかったのに……いや、もしかしたら

「書かなかった」のではなく、字が書けないのかもしれない。

そんな憶測を頭の中で巡らせていると、ぽつりぽつりと雨が降り始めた。

「やばっ、このままじゃ子猫が水浸しになっちまう。ほら、ニャンちゃんのとこに行くぞ、祥太郎」

キョトンとした顔で俺を見た祥太郎は、涙ぐんだ目で「うん！」と言ってその場を離れた。

駅から十五分ほどの雑木林は、やはり以前社長と一緒に来たところだった。ただ、祥太郎が子猫をバケツに入れたところはさらに奥で、ゴミの山を踏み越え、生い茂った竹や木々をかき分け、ようやくたどり着いた。

高さ四十センチほどのバケツが見えた辺りで祥太郎は駆け寄っていき、そして中をのぞき込んだ。その後ろから、俺と弓子もバケツの中をのぞいた。

「いない……」

バケツの中には、祥太郎が入れたと思われる生ぬるい水が三分の一ほど入っているだけで、子猫の姿はどこにもなかった。

「ニャンちゃん、どこへ行ったんだろう」

不安そうな表情の祥太郎の手を、弓子はそっと握り「大丈夫、ニャンちゃんのお母さんが迎えに来たのかもしれないわ。今日はもう暗くなってきたから、明日にでもまた探しましょう」と言った。

そして来た道を帰ろうとしたその時、祥太郎の携帯電話が鳴った。

「もしもし母さん？　え？　病院？　どこの？　ぼく弓子さんと一緒。オトさんが病院って？」

ただごとではない様子から弓子が電話を代わり、祥太郎の母親から話を聞くと、門倉が事故で病院へ運ばれたとのことだった。俺たちは、ずぶぬれのまま病院へと向かった。

＊

今日の店内は、いつにも増して活気がない。弓子と宏夢は子猫探しに出かけているし、門倉も来てすぐ帰ってしまったし、こんなにヒマなら僕も子猫を探しに行けばよかったかも……。そう考えていた矢先、宏夢から着信が入った。

「もしもし宏夢？　どうした？　子猫見つかったか？」

電話先の宏夢は興奮しており、息を切らしながら門倉が事故にあったことを知らせてきた。

「そんなはずは……」と、僕はついさっきまで元気に会話を交わしていたことを宏夢に伝えた。宏夢は、門倉が搬送された病院を教えてくれ、慌ただしく電話を切った。

僕は制服のまま外へ出て、キーをつけっぱなしの宏夢のバイクで門倉が運ばれた総合病院へと向かった。大事に至らないことを心から願いつつ。


病院に着くと、宏夢や弓子と一緒に「祥太郎」という門倉の息子もいた。その横では、門倉の奥さんが祈るように手と手を合わせ手術室前の椅子に腰かけている。

門倉はかろうじて一命を取り留めたとのことだが、決して予断を許さない状態とのこと。搬送した救急隊員に事故の様子を聞くと、カーブだったにもかかわらずブレーキを踏んだ形跡がなかったことから、車が故障していたか、それとも誰かが故意に細工したか、または踏むことができない何らかの理由があったか……そのようなことから警察が介入するとのことだ。

そして手術室の前にいると、僕らのところに一人の看護師がきて、確認してほしいものがあると言ってきた。

ここへは持ってこられないものらしく、僕らは医師たち用の仮眠室へと案内された。

すると、仮眠室のドアの中から、「ミャア」という子猫の鳴き声が聞こえてきた。開かれたドアの中には、ノートにはさまれていた写真と同じあの小さい白猫がダンボール箱に入れられているではないか。それを見た祥太郎は、「ニャンちゃんだ！」と言って駆け寄り、ダンボール箱の中から子猫を抱きあげた。

何が何だかわからない僕らは、ぽかんとした顔で祥太郎の腕の中の子猫を見つめていると、看護師が状況を説明してきた。

「この猫ちゃん、門倉さんの車内にいたんです。意識がない中、守るように抱えていたようで……。もしかすると、ブレーキペダルの下に子猫が入り込んでしまい、踏むに踏めなかったのかもしれませんね……」

看護師の言うように、もし仮に子猫がブレーキペダルの下に入り込んでいたとすると、ペダルを踏むと同時に子猫をもつぶしてしまうことになる。心根の優しい門倉は、子猫にとっての最悪の事態を防ぐため、カーブに差しかかってもブレーキを踏まなかったのかもしれない。

それにしても、いったいなぜ門倉の車内にこの子猫がいたのだろう。

謎が解けないまま考えを巡らせていると、もう一人の看護師が「担当医から話があるので来てください」と僕らを呼びに来た。

親族ではない僕と宏夢と弓子は、待合室で医師の説明が終わるのを待った。

二十分ほどすると、祥太郎と母親が部屋から出てきた。その姿を見て、二人をよく知る弓子は飛びつくように状況を聞いた。

「祥君、貴子さん、門倉社長の容態は？　ねぇ、大丈夫だって？」

すると、祥太郎は小さな声でぽつりと答えた。

「オトさん、死んじゃうんだって。事故の前から病気だったんだって」

――十年前――


四十一歳を迎えた朝、この門倉不動産の社長をしている父が引退宣言をした。

父の下で働いていた俺は、いずれは継ぐだろうと思っていたものの、それはまだずっと先だと思っていた。正直、こんな若さで社員を引っ張っていく自信はなかったが、引き継ぎの手続きは淡々と進み、あっという間に社長という肩書の名刺も刷り上がってきた。

生まれた時から社長のレールを敷かれていた俺は、来るべき時が来たのだと腹をくくり、自分なりのやり方で会社を拡大する決意をした。

けれども、世間はそう簡単に認めてくれず、俺のことを「道楽社長」と言っているらしい。まあ、言いたいやつには言わせておけばいい。いちいち批判を気にしていては、社員や社員の家族を守ることなどできやしない。

それから半年が過ぎ、どうにかこうにか社長業も板についてきた頃、いきつけのスナックで新人のホステスが入ったとママから紹介された。

こんな田舎のスナックで働こうだなんて、さぞかし〝やぼったい女〟なのだろうと思いながら挨拶を交わすと、どことなく見たことのある顔をした女だった。

貴子と名乗る彼女と酒を飲みながら語るうち、彼女は小学校の時の同級生であることがわかった。卒業と同時に親の都合で引っ越したため、中学以降は名古屋で暮らしていたそうだが、去年、再びこの町に戻ってきたとのこと。

俺は、どことなく彼女のことを覚えていた。休み時間などに、みんなと遊ぶことなく、いつも図書室でおとなしく本を読んでいる姿が印象的だったからだ。水割りを作る際にうつむく横顔には、あの頃の面影をほんの少し感じる。

貴子は、三十五歳の時に結婚し、翌年息子を出産したという。しかし、その子は脳に先天性の障害があることが判明し、それからしばらくして旦那は二人を置いて出て行ってしまった……と。貴子より若く、役者になるという夢を持っていた旦那は、この先に待ち受ける困難と不安に押し潰され、責任を放棄してしまったのだ。

妻子を置いて出て行った男の気持ちなどわかりたくもないが、貴子を妻にしたということだけは見る目があったと認めてやろう。気品の中にどことなく陰のある雰囲気に、俺はみるみる惹き込まれていった。

週に何度かスナックで貴子と会ううち、彼女は少しずつ心を開いてくれ、私生活についても話してくれるようになった。

五歳になる祥太郎という名の息子は、やはり成長が遅く、まだ言葉もうまく話せないという。幼稚園でも他の子とうまく遊べず、先生も手を焼いているとのこと。

きっと想像もつかないような苦労をしてきたのだろう……と、俺は察した。

そして彼女は料理教室を開くという目的のためにスナックで働いているということも語ってくれた。息子が社会に出る頃になっても周囲についていけないようだったら、自分のそばで一緒に働ける環境を作ってあげたいのだという。しかし、いつしか息子と一緒に働くことが貴子自身の楽しみとなり、酔っ払いの相手をする仕事も歯を食いしばれるようになったそうだ。

目をキラキラさせて夢を語る貴子に、俺はさらに心を奪われた。同級生のよしみで、夢を叶えるための援助をさせてほしいと言ったものの、彼女は自分の力で夢を叶えることを強く望み、俺の申し出をさらっと断った。

それから一年が経とうとしたある日、料理教室を開くための準備金がようやく貯まったという貴子は、小さなワンルームマンションを貸してほしいと言ってきた。

俺は、貴子の予算や理想をもとに、八畳ほどのワンルームに案内した。

貴子はたいそう気に入ってくれた様子で、息子の祥太郎も部屋の中を駆け回っていた。するると、祥太郎が俺のところへ寄ってきて、目の前でバンザイをした。ズボンのすそを引っ張り、何度もバンザイのポーズをして見せてくる。

（もしかして、高い高いしてほしいのだろうか……？）

俺は、小さい子を抱き上げたことなどなかったが、見よう見まねで祥太郎の脇の下をつかみ、ゆっくりと頭上に持ち上げてみた。天井に近づいた祥太郎は徐々に笑顔を見せ、「もっと、もっと」と言った。今度はさらに高く、そして勢いよく持ち上げると、ケラケラと楽しそうに笑いながら「もっと、もっと」と祥太郎は声をあげて喜んだ。

なんとも言えない感情を俺は覚えた。かわいい、愛しい、いや、そんなありきたりな言葉では表現しきれない。こみ上げるこの感情は、いったい何だろう。

理屈じゃないこの感情は、父性というものなのだろうか。今日初めて会った子どもに、そのような感情が生まれるものなのだろうか。

貴子もまた、心底楽しそうな祥太郎の笑顔を見て、とても幸せそうにしている。

その後、賃貸契約を結ぶまでの流れで何度か貴子と祥太郎に会い、そのたびに祥太郎は俺にバンザイをして見せた。初めて会った時の不思議な感情は募り、もっとこの子を笑顔にしたい……この親子を守ってあげたい……そんな思いが胸の中でふくらんだ。

それから半年が経ち、俺は貴子に正式にプロポーズをした。貴子は、俺の気持ちが同情によるものではないか疑うと共に、「もし、また大切な人に逃げられたら……」という不安を感じているとのことだった。それを聞いて俺は、俺のことを「大切な人」と思ってくれていることに感動した。いや、感動だなんて一言では言い表せない。心が揺さぶられるかのような喜びを感じた。そして、そんな不安は抱えなくていいということを真摯に伝え続け、俺たちは夫婦となった。

貴子の希望により結婚式は身内だけでささやかに行った。状況がつかめなかった祥太郎は堅苦しい式の雰囲気に圧倒され、式の途中で泣き出してしまったため、俺たちはすみやかに式を済ませ、三人でいつもの公園へ行った。家族になるにあたって形式なんて関係ない。今、この瞬間を三人でいられることが、俺にとって何ものにも代えがたい幸せなのだ。青々とした芝生の上で、貴子特製のサンドイッチを頬張《ほおば》り、そして、これでもかというほど祥太郎を高い高いした。

祥太郎は俺の頭上で空を指さし、「ぼくもサンドイッチ」と言った。どういう意味か聞いてみると、青空と青々とした芝生にはさまれ、自分がサンドイッチになった気がしたそうだ。ケラケラと笑いながら、何度も「サンドイッチ!」と言っていた。

いつしか、祥太郎は俺のことを「オトさん」と呼ぶようになった。貴子いわく、お気に入りのアニメの主人公が父親のことをそう呼んでいるとのことだ。祥太郎の数少ない言葉の中に自分の存在が含まれていることを、俺は誇りに感じた。

ただ、一つだけ気掛かりなことがある。それは、祥太郎の実の父親が置いていったカメラを肌身離さず持っていることだ。俳優を目指していた貴子の旦那は、趣味で使っていたポラロイドカメラを置いたまま出て行ったという。新しいカメラを手に入れたのか、それとも祥太郎への置き土産なのか真意はわからないが、祥太郎は一日中首からさげ、幼稚園にも持って行っている。いくら鮮明な記憶がないとはいえ、やはり本当の父親のぬくもりは忘れられないのだろうか。俺は、実の父親に対してささやかな嫉妬を抱いたりもした。

時に女々しい嫉妬を抱きつつも、三人で暮らす日々は本当に幸せだった。ただ、やはり祥太郎は他の子どもより成長が遅いことを感じざるを得なかった。小学校に入学する頃には、集団生活できる程度の言葉は話せるようになったものの、教室で足並みをそろえることができず、高学年になっても計算ができなかったり、じっと座っていられないなど、学校の勉強についていくことが非常に困難だった。そのため、通常のクラスではなく特別支援学級で指導してもらうことになった。それでも周囲の子の理解を得ることは難しく、いつしか祥太郎は学校へ行かなくなってしまった。

そんなある日、祥太郎が子猫を拾ってきた。

動物は、死んだ時に別れがつらいことを経験していた俺は、純粋な祥太郎にはその悲しみを乗り越えられないだろうと思い、飼うことを許さず「元の場所に戻してきなさい」と言った。

素直な祥太郎は、その子猫を元の場所へ戻しに行ったのだが、数日後、その子猫は車にひかれて死んでいた……。

死というものを理解できていたかはわからないが、子猫の無残な姿を見てしまった祥太郎は悲しみに暮れ、何日も部屋から出てこなくなってしまった。

俺は、子猫を飼ってやらなかったことを後悔した。救えたはずの命を失い、祥太郎をも傷つけてしまった。

そして、部屋にこもってばかりいる祥太郎の遊び相手になってくれればと、犬を飼うことにした。あの子が笑顔を取り戻してほしい……。貴子のように、祥太郎にも夢を持って生きてもらいたい。そんな願いを託し、犬の名前を「ユメ」と名づけた。

貴子と結婚して十年が経ち、祥太郎は今年で十五歳となった。身体は大きく健康にも恵まれているが、字を書いたり読んだりすることのできない祥太郎は、一般の高校を受験するのは難しいだろう。ただ、貴子の後ろ姿をずっと見てきたことで、いつしか自然と料理の基礎や手順を覚えていた。

祥太郎が料理を覚えたことを、貴子は心から喜んでいる。そんな貴子の料理教室は順調に拡大し、今では当時の五倍ほどの広さのところで教えている。生徒数も年々増えてきていることから、たいそう忙しそうだ。

それとは反対に、おおよその仕事を社員たちに任せられるようになった俺は時間を持てあまし、パチンコ三昧の日々を過ごしている。

そんなわけで今日もいつものようにパチンコ店へ行くと、店員の五郎が真面目に掃除している姿を見かけた。いつもはベンチに座ってタバコをふかしているのだが、なにやら心を入れ替えたように仕事をしていた。

「よぉ、五郎。またサボってんのか?」

俺は、五郎をからかった。

「あ、門倉さんどうも。ってか、サボってないですよ、これでも店長候補ですからね。いつまでもボーッと立ってるだけの僕じゃないですから。それより、たった今弓子さんが門倉さんちの犬を散歩させてましたよ。ここに来る時間があるなら自分で散歩させればいいのに」

「バカ野郎、俺が散歩させたらあのババァがパチンコする金が入らなくなるだろ。そうなったら、こんな小さい店みるみるつぶれちまうぜ」

そんな冗談を交わしながら、もう少し五郎との会話を楽しもうと、いつもの缶コーヒーを買ってベンチに座った。そして弓子が手掛けている『里親探しノート』をペラペラめくると、新たに貼られたと思われる写真を見て俺はドキッとした。

その写真は、水が入ったバケツの中から子猫が見上げている写真だ。いや、子猫に驚いたのではなく、その写真を貼ったのは祥太郎だと一瞬でわかったからだ。なぜなら、祥太郎がいつも首からさげているあのカメラで撮ったものだから。

実の父親が置いていったカメラは、撮影と現像する機能が一体化されたポラロイドカメラで、今では専用のフィルムを売っているところが少なくなった。何度か修理に出しながらずっと使い続けているため、この特徴ある写真は祥太郎が撮ったものだとすぐにわかった。また、写真を貼るために使用されているシールも、テレビのリモコンや柱に貼られてある祥太郎のお気に入りのシールだ。

それにしても、なぜこんな写真を撮ったのだろう。まさか、祥太郎がこの子猫をバケツに入れたのだろうか。動物をいじめるようなことは、今まで一度もなかったのだが……。

せめて、祥太郎に罪を負わせるようなことはさせたくない。いくら悪意がなかったとしても、このままでは子猫が死んでしまう。再び祥太郎がこの場所を訪れた時、バケツの中で子猫が息絶えていたら、いつかの子猫の時みたいに心をふさいでしまうかもしれない。とにかく、この子猫を救わなければ……。

「おい五郎。この写真には、どこで撮ったとか何も説明がないのか？」

できるだけ平静さをよそおい、俺は五郎に質問した。

「そうなんですよぉ、どこでどうしてバケツに入っているのかわからないんですけど、その写真の他にも二枚写真がはさまれていたんで、それを手掛かりに弓子さんと宏夢が探しに行きました。あ、門倉さんちのユメも一緒に」

「ユメも？」

「ええ、写真に猫の匂いがついていたのか、ユメが写真をなめ回していたので、もしかしたらユメの嗅覚で探し出せるんじゃないかってことになって、さっき雑木林へ行きましたよ」

「雑木林って、駅の向こうの……？」

「はい、今はゴミの山になっているという雑木林です」

「……」

「門倉さん、その猫のこと気になります？」

「いや、そういうわけじゃ……。ま、気の毒だと思ってな」

五郎の話によると、子猫のいるところはおそらく知人が所有する雑木林だと思われる。

ゴミの山になる前、祥太郎を連れて遊びに行ったあそこかもしれない。「秘密基地」を造ったりして、小学生だった祥太郎はたいそう楽しそうにしていた。

宏夢と弓子が子猫を見つけたら、必ず犯人捜しをするだろう。そうなる前に、どうにか先回りせねば。

そして俺が生きているうちに、祥太郎に善悪の区別を教えなくては……。この先ずっと一緒に過ごせるなら、時間をかけて教えてやることもできる。しかし俺の命は……そう長くない。俺に残されている時間は、もう長くないんだ。

先月、社員たちに勧められて受けた人間ドックにて、体内のあちこちに腫瘍があることがわかった。いわゆる一つの癌《ガン》てやつだ。俺の中のそいつらは、どんな先進医療を施してもどうにもならないという。

今まで風邪一つひかなかった身体のため、誰かとカルテを間違えられているのではないかと、何度も医師に確認した。そして何度も同じ答えを聞かされた。

俺は、五十一年の短い人生を振り返った。このままでいいわけがない。会社なんかは誰かが継げばいい。社長の代わりはどうにかなる。けど、貴子と祥太郎を守れるのは俺しかいない。

そもそも、祥太郎に俺の死が理解できるだろうか。いつもいるオッサンが、いつの間にかいなくなっていた……という程度ならまだいいが、拾った子猫が車にひかれて死んでしまった時のように心を閉ざしてしまったら……。貴子に対してもそうだ。プロポーズした時、彼女が恐れていた「また大切な人に逃げられたら……」という不安を現実にしてしまう。自分の意志で死ぬわけではないが、結果的に守ってあげられなくなるということは事実だ。

築いてきた会社も、家族の絆ってやつも、形あるものもないものも何も残せない俺の人生って、いったい何だったのだろう。

この子猫の写真を見ながら、ふと自分自身がむなしく思えた。

せめて、祥太郎の心を傷つけるようなことはしたくない。

今、この俺ができることは、祥太郎に罪を負わせないこと……。父親である俺がすべきことは、まず子猫を救うことだ。

俺は残りのコーヒーを一気に飲み干し、ノートをベンチに置いた。

「じゃーな、五郎。ちゃんと仕事しろよ」

「あれ？　もう帰っちゃうんですか？　今来たばっかりですよね？」

「ま、これでも社長だからな。たまには仕事しないと」

「たまにって……。じゃあ、お気をつけて」


できるだけ自然な挨拶を交わし、すみやかに車へ乗り込んだ。

＊

事故から一週間が経ち、奇跡的に右足首の骨折だけで済んだという門倉は、すでに自宅療養していると聞き、僕と宏夢は見舞いに行くことにした。

カーブにもかかわらずブレーキを踏んだ形跡がなかったのは、やはり看護師の予想通り、ひざに乗せていた子猫がブレーキペダルの下へ入り込んでしまったことによって踏み込めなかったとのことだった。

里親探しノートを見て、溺れそうな子猫の写真を貼ったのは祥太郎だとすぐにわかった門倉は、弓子たちが犯人探しをする前に子猫を保護し、祥太郎に罪を負わせないようあの時急いで車を走らせたのだとか。祥太郎の母親の説明により、門倉がなぜ子猫を連れていたのか腑《ふ》に落ちた。

また、事故直後の深刻な手術は、外傷の処置はもちろんのこと、破裂してしまった腫瘍の一部を止血する手術だったという。

病院で保護されていたあの子猫も、軽傷だったものの少し衰弱していたため、弓子が預かって看病してくれている。

きらびやかな玄関で靴を脱ぎ、僕たちは門倉の部屋へと案内された。そこはまた高価な芸術品が飾られており、足を踏み入れるのに少々の緊張を感じる空間だ。

門倉が療養しているベッドの横で、祥太郎がユメとじゃれ合っていた。

「よお、祥太郎」

宏夢がいつもの調子で祥太郎に声をかけると、祥太郎も「よぉ」と右手をあげて返してきた。一瞬で友情がうかがえるこの仕草《しぐさ》は、おそらく何かの拍子に宏夢が教えたのだろう。少しやつれた門倉も、祥太郎の真似をして「よぉ」と元気な素振りを見せてくれたが、そのあとはつらそうな表情もうかがえた。

「なんだか、変なことに巻き込んじまって悪かったな」

弱気な門倉を励ますかのごとく、宏夢は「殺したって死なないのが社長だろ。病気なんかに負けんなよ」と言った。しかし、門倉の気持ちは浮き上がることなく、ぽろっと弱音を吐き出した。

「俺の人生って、何だったんだろうな」

門倉と出会って三年経つが、こんなにも気落ちしている彼を見たのは初めてだ。

「門倉さん、僕に『何のために生きてるんだ？』って聞いてきたのは門倉さんでしょう？そんなこと言わないでくださいよ。あの質問、結構グサッときたんですから」

「そういや、そんなこと言ったなぁ。えらそうなこと言って悪かったよ……」

「いえ、僕は感謝してるんです。門倉さんに言われなかったら、何のために生きているのかなんて、客観的に向き合うことはなかったかもしれません。どうして生まれちゃったんだろう……とか、マイナスに考えることはあっても、今生きていることの意味を考えることはなかったと思いますから」

「そう言ってくれて救われるよ。でも、やっぱり俺は何をやってきたんだろうって思っちまうよ。祥太郎に会社を継がせてやることもできなければ、親子の絆ってやつを残すこともできなかったと思う……。消えてなくなる金くらいしか、俺には残してやることができない」

死を目前にして、門倉は悲しみの底で一人もがいているように感じた。自分が歩んできた人生をも否定してしまっている門倉を、どうしたら救い出すことができるのだろう。さすがに、お調子者の宏夢も黙って門倉の話を聞いている。

するると、そんな重い空気に違和感を抱いたのか、祥太郎が部屋から出て行ってしまった。そして数分後、大きな紙袋と小さな紙袋を持って部屋に戻ってきた。

祥太郎にまとわりつくユメに「ちょっと待っててね」と声をかけると、門倉に近づき、大きい方の紙袋を渡してこう言った。

「オトさん、天国へ行くんでしょう?」

僕たちはドキッとした。触れてはいけない心のスイッチを、戸惑うことなくポチッと押したような言葉に冷や汗をかいたが、門倉は冷静に、そして優しく「そうだよ」と答えた。

祥太郎は続けてこう言った。

「母さんが教えてくれたんだ。オトさんは、社長のお仕事を卒業するんだって。天国では、もう働かなくていいんだって。だから、死んじゃうことは悲しいことじゃないって。だからぼく、オトさんのためにこれ作ったの」

祥太郎から大きな紙袋を受け取った門倉は、中からファイルのようなものを取り出した。厚さ二十センチはありそうなそのファイルの表紙には、「そつぎょうアルバム」と書かれている。

門倉は、手作りの卒業アルバムを一ページめくると、「これは……」と言って震える唇をギュッと結んだ。一ページ目には、力強い大きな字でこう書いてあったのだ。

『しゃちょうのそつぎょう、おめでとう』

門倉は祥太郎に「これ、自分で書いたのか?」と聞くと、「そうだよ、宏夢が字を教えてくれたの」と答えた。

僕と門倉の視線を感じた宏夢は、ピースサインをしながら「なんでも屋ですから」と冗談っぽく言った。僕は、まさかと思いつつこんな質問をした。

「宏夢、まさかとは思うけど、祥太郎君から報酬もらったりしてないだろうな？」

「え？　もらっちゃいけないの？　ま、正確にはこれからもらうんだけどね」

そう言うと、祥太郎の方を見て「なっ」と言った。すると祥太郎は、手にしていたもう一つの小さい紙袋を宏夢に渡した。宏夢は「まいどあり！」と言って受け取り、紙袋の中から報酬を取り出した。しかしそれはお金ではなく、ラップに包まれたサンドイッチだったのだ。早速一つ口に頬張った宏夢は、「超うめぇ！　祥太郎天才！」と言った。そして門倉にもサンドイッチを一つ渡し、宏夢は本音を語った。

「社長、こんなうまいもん作れる息子がいるのに、悲しいこと言ってんじゃねーよ。これ、奥さんの得意料理なんだろう？　祥太郎はちゃんと両親の夢とか想いを引き継いでんだよ。

会社なんか継げなくたって、もっと大事なもん継いでんだからさ」

門倉は、宏夢から受け取ったサンドイッチを一口かじり、「うまい……」と言った。

そしてサンドイッチを食べ終わると、祥太郎の手作りアルバムをさらにめくった。

アルバムは、写真がまとめられているだけではなく、お気に入りのシールが貼られていたり、カラフルなペンで絵が描かれていたり、門倉と祥太郎が家族になってからの十年分の思い出が、ぎっしりと詰め込まれている卒業アルバムだった。

門倉が笑っている写真を始め、母親が作った数々の料理や両親の後ろ姿、ユメの寝顔や散歩している見慣れた道、特に多かったのは公園の写真だった。

真っ青な空と青々とした芝生が印象的な公園で、そこに写っている門倉は、祥太郎にとって「かけがえのない父親」であることは、誰が見ても一目瞭然だ。

祥太郎がカメラを肌身離さず大切にしていたのは、実の父親が置いていった物だからではなく、〝想い〟を形にする手段として必要なものだったからなのだろう。言葉を補《おぎな》うための必需品としていたのだ。写真は、祥太郎の言葉そのものなのだ。

すると祥太郎は、アルバムを手にしている門倉のそばへ寄り、一枚の写真を指さしてこう言った。

「ぼくね、この写真が一番すきなの」

その写真は、小さなマンションの一室で、祥太郎が門倉に〝高い高い〟してもらっている写真だった。おそらく、祥太郎の母親が撮ったものだろう。祥太郎も門倉も、最高の笑顔で写っている。

そして自分で作ったアルバムをめくりながら、ふと、祥太郎はこんなことを言った。

「オトさん、社長は卒業してもいいけど、『お父さん』は卒業しちゃダメだよ。天国に行っても、『お父さん』は絶対に続けなきゃダメだからね」

門倉は僕たちに背中を向けた。その背中は、小刻みに震えていた。

たとえ祥太郎が「死」を理解できなかったとしても、離れたどこかでオトさんに愛されているという確信は、この先もずっと感じ続けていくことだろう。どんな困難が待ち受けようとも、門倉の愛は祥太郎にとって何ものにも代えがたい心の武器となり、彼自身を守り続けてくれるに違いない。

そして門倉が再びベッドに横になると、部屋のドアをノックする音が聞こえた。

「どうぞ」と門倉が言うと、子猫を連れた弓子が中へ入ってきた。

「あら社長、元気そうじゃない」

相変わらず明るい弓子の声は、部屋の中の空気をも一気に明るく入れ替えた。

そして子猫を祥太郎の腕の中に渡そうとしたその時、嗅いだことのない匂いに反応したのか、ユメが子猫に近づいてきた。

「ユメ、いい子いい子してあげて」

優しい祥太郎の呼びかけを忠実に聞くかのように、ユメは祥太郎の腕の中の子猫をペロッとなめた。恐る恐るユメの近くに子猫を置いてみると、初対面とは思えないほどユメに心を許し、甘えた声でミャアと鳴いている。さらに驚くべき光景を、ここにいる全員が目の当たりにした。

なんと、子猫がユメのお乳に吸いつき、両手でお腹を交互にもみながらユメのお乳を飲んでいるのだ。その仕草は、子猫が母猫に甘える時そのものだ。

犬が猫に母乳を与えるという行為はいくつか前例があるものの、目の前で見たのは初めてだと弓子は感動している。

「ユメちゃん……疑似妊娠したんだわ」

弓子の言葉に対し、祥太郎が「ぎじ……にんしん？」と聞いた。

疑似妊娠とは、思い込みや想像によって身体が錯覚を起こし、実際に妊娠している状態となることらしい。ユメは、初めて会った子猫のことを自分の子どもだと思い込み、脳が身体に「母親になった」と指令を送ったことによって本当に母乳が出たのだ。

幸せそうにユメのお乳を飲む子猫の姿を見て、門倉が祥太郎に語りかけた。

「祥太郎、俺もお前に初めて会った時、心の底から息子にしたいと思ったんだ」

「ぼくと初めて会った時……？」

「あぁ、母さんが料理教室を開くために小さなワンルームマンションを借りに来たあの日、夢を語るお前の母さんのことも、その横ではしゃぐお前のことも、俺は本能で守ってやりたいと思った。理屈じゃない、こいつらと家族になりてぇって思ったんだ。だから……俺の夢を叶えてくれて、ありがとな。祥太郎、本当にありがとな……。俺の息子になってくれて……ありがとう」

門倉は、祥太郎を自分の胸に抱きよせ、強く抱きしめた。強く、強く、抱きしめた。

家族でいることに、血縁など関係ない。互いが求め合い、悲しみや弱さを支え合い、人生という名の道を手に手を取り合って歩みたいと願う気持ちが、家族の絆を強く結ぶのかもしれない。

二人の姿を見つめる宏夢の横顔は、どことなく羨ましそうに感じた。幼い頃から施設で暮らした宏夢の心の穴に、彼らの絆のかけらが入り込んだことによって、ほんの少しだけ穴が埋まったようなそんな気がした。もちろん、宏夢と同じように母親に捨てられた僕の心の穴にも、彼らの温かい絆のかけらは沁《し》み込んだ。

もしかすると、キラキラと輝く絆のかけらは、誰の手の中にも存在するのかも……。

それぞれの人が、それぞれの絆のかけらを差し出すことで、どんな宝石にも真似のできない世界に一つの輝きを放つのかも……。寄せ集められた絆のかけらは、家族という彩りの輝きだったり、友情という彩りの輝きだったり、同じ輝きは一つとしてない人生の宝物となるのかもしれない。

そして今、新たに家族となろうとしているユメと子猫も互いに身を寄せ合い、世界に一つの絆の輝きを放っている。お乳をお腹いっぱい飲んだ子猫は、ふかふかのユメのお腹で眠り始めた。きっと、優しい犬のお母さんと追っかけっこしている夢でも見ているのだろう。たとえユメの母乳が疑似妊娠によるものだとしても、それが本物かどうかなんて子猫にとっては関係ない。求め合う気持ちが本物なら、すべてはそこから始まる。本当に大切なことは、今この瞬間をどう生きるかということなのだから……。

――二ヶ月後――


町内一の金持ちと言われた門倉の葬儀は、盛大に行われた。

そして門倉のあとを継ぐ社長には、東京で建設業の会社を運営している門倉の弟が就任することとなったそうだ。豪快な性格の門倉とは打って変わって繊細な弟の経営により、門倉の会社は新しく生まれ変わるかもしれないと弓子が言っていた。

どんな形に生まれ変わろうが、門倉が守り抜いた家族の絆は変わることはない。

僕らにとっても、門倉が見せてくれた親子愛は生きる力を与えてくれた。

また、門倉のお気に入りだったスロットマシーンの台には、門倉がいつも飲んでいた缶コーヒーやタバコなどが日々置かれている。

彼は、家族にもこの町の人々にも愛されていた。そして僕らを愛してくれた――。

季節はすっかり秋となり、休憩室の窓の外では木々の葉が赤く色づいている。

ぼちぼち弓子がユメの散歩でここを通る頃かな……と眺めていると、事務所の電話が鳴った。

受話器を取ってみると、それは隣町にある「猫カフェ」からの問い合わせだった。

店先に置いてある『里親探しノート』を見たらしく、猫を何匹か譲ってほしいとのこと。

そもそも、いつからここが里親の受付になったんだ？と思いつつ、ひとまず詳しい話は弓子に直接話すよう伝え、折り返し先の電話番号を聞いて受話器を置いた。

するとその直後、窓の外から「五郎ちゃーん」という弓子の声が聞こえた。

この問い合わせが、弓子の人生を変える事件の始まりだったとは知るよしもなく、僕は一階へ向かった。

第三話　透明のスタートライン

休憩室を出て店先へ行くと、ノラ猫のミィちゃんにエサをやっている弓子の姿があった。散歩させてもらっている犬のユメは、弓子の足元で行儀よく座っている。

門倉亡き今、弓子はアルバイトではなく亡き門倉の友人としてユメの散歩を続けているそうだ。

「弓子さん、今ちょうど隣町の猫カフェから問い合わせが入ったところだよ」

僕の声に反応した犬のユメは、キョトンとした顔で見上げてきた。

「隣町の……猫カフェ？」

「ってゆーかさぁ、いつからここが動物保護の問い合わせ先になったわけ？」

「あら、言ってなかった？　うちの電話だと、旦那が出ても私に伝えるのを忘れちゃうから、ここなら五郎ちゃんもいるし間違いないと思って」

これ以上言ってもラチがあかないと思った僕は、とりあえず猫カフェからの問い合わせ内容を伝えた。

「え？　保護した猫を何匹か譲ってほしいって……本当にそう言ったの？」

「あぁ、詳しい話は直接弓子さんに話してって言って切ったけど、それでよかった？」

「いいわよいいわよ、ありがとう五郎ちゃん。あの『里親探しノート』、作ってよかったわ～。やっと役に立つ日が来たのね。こういう機会が増えたら、気の毒な動物をもっと救うことができるかもしれないわ」

弓子はたいそう喜んだ様子でユメの頭を両手でなでながら、「ねっ」と首をかしげ、同意を求める仕草をした。

僕は、猫カフェの店主から聞いた連絡先を弓子に渡した。

すると弓子は、ユメをつないでいるリードを僕に渡し、「ちょっと持ってて」と言うと、携帯を取り出して早速その電話番号へかけ始めた。

そして挨拶やらなにやら話し終えて電話を切ると、弓子は僕の方を見てこう言った。

「ねぇ、五郎ちゃん。お仕事終わったらお茶飲まない？」

仕事が終わったあと、僕には特に用事がないことを知っている弓子は、隣町の猫カフェへ一緒に行くことを強引に誘ってきた。

「今日はちょっと……」

断る理由を探しながら、もごもごと返事をしていると、「じゃあ、夕方六時にここで待ってるわね」と言い、弓子はユメを連れて散歩を続けた。

午後六時。店長の車を借りて弓子と猫カフェへ向かうと、一見、そこは普通の民家のように見えるカフェだった。矢印に指示されるがまま駐車場に車を停め、「カフェ入口」と書かれている手作り看板の横のチャイムを鳴らすと、インターホンの向こうから「はい、どうぞ」という声が聞こえた。

くもりガラスの扉をそっと押し開けると、中は三十畳ほどの広いフロアとなっていて、アンティークな丸いテーブルと小さめの椅子が、ところどころに五セットほど置かれている。主役である猫とは、床で触れ合うシステムとなっているのか、お茶を飲むことがメインではなさそうなレイアウトだ。我が物顔の猫たちは、床でごろごろしていたり、キャットタワーやキャットウォークの上で、みんなリラックスした状態で座っている。

「こんにちは。はじめまして」

フロアの奥から四十代と思われる女性が姿を現し、僕らに挨拶してきた。愛らしい猫たちの姿に興奮している弓子は、満面の笑みで「こんにちは」と挨拶を返した。

「わざわざお越しいただき、すみません。さ、どうぞおかけになってください。今、ブルーベリーティーを入れて参りますので」

そう言うと、店主らしき女性は再びフロアの奥へと戻っていった。

僕は、辺りを見回しながらアンティークの椅子に腰かけた。弓子は、床をテクテク歩いている猫たちを順々になでている。

しばらくすると、フルーティーな良い香りと共に女性が戻ってきた。ブルーベリーの若葉を醱酵させて作っているという手作りの紅茶をテーブルに置くと、四角いおぼんを胸に抱えながらこう言った。

「早速来ていただいて本当に嬉しいです。お電話に出てくださったのは……」

「あ、僕です」

「そうでしたか、ありがとうございます。動物保護にたずさわっておられるなんて、よほど動物がお好きなんですね」

僕は、電話をかけてきたところが錆びついたパチンコ店であることを言いかけたが、弓子の面子《めんつ》をつぶさないためにも、その言葉はブルーベリーティーと一緒に飲み込んだ。女性はおぼんをテーブルに置くと、ポケットの中から名刺を取り出し、僕と弓子に差し出してきた。

「店主　佐藤久美子」と書かれたその名刺を、弓子は両手で丁寧に受け取り、二人はようやく本題に入った。

「ここの猫カフェは、ご覧の通り放し飼いなんです。ガラス張りの中に猫がいるカフェもありますけど、『猫を観覧する』というより、『自宅で猫とたわむれるような感覚』をお客様に味わっていただきたいので、うちは放し飼いにしてるんですよ」

佐藤の話をうなずきながら聞いている弓子は、こんな質問をした。

「でも、放し飼いにしていると、猫を乱暴に扱う人とか……いたりしませんか？」

質問を受けた佐藤は、弓子の不安を取り除くべく笑顔でこう答えた。

「もちろん、そのようなことがないよう、うちは完全会員制なんです。身元がしっかりしている方のみの利用の場なので、乱暴に扱われたり危険な目にあわせるようなことは今まで一度もありませんよ。なので、弓子さんからお譲りいただく猫ちゃんたちについても、どうかご安心いただければと思います」

弓子は「なるほどぉ」と言いながら深くうなずいていた。そして佐藤は話を続けた。

「うちには、ペルシャやロシアンブルーなど血統書つきの猫だけではなく、捨て猫や保護された猫もおりますの。そのような猫に関しては、飼いたいというお客様がいた場合、里親さんになっていただく場合もあるんです」

弓子は真剣な眼差しで佐藤を見つめると、「佐藤さん、一言申し上げてもよろしいかしら」と言った。

佐藤が「え、えぇ」と返事をすると弓子は急に立ち上がり、佐藤の手をぎゅっと握って熱い想いを伝えた。

「佐藤さん、私はあなたみたいな方をずっと待ってたんです！　こんなにも素敵なご活動をしてらっしゃる方と出会えるなんて、私…私…感動してるんです！」

佐藤は、たじろぎながらも立ち上がり、弓子の手を握り返した。

「私なんかでお役に立てることがありましたら、これからも弓子さんのご活動に協力させていただければと思います」

そして、意気投合した二人はとんとん拍子で話を進め、『里親探しノート』に載せている猫五匹を、ひとまず佐藤の営む猫カフェに譲ることとなった。

するると、形式上の手続きを進める中、佐藤は弓子の家族構成について聞いてきた。

「私の家族ですか？　旦那と娘と三人暮らしです」

「え？　弓子さんて娘さんがいたの？」

僕は思わず話に割って入ってしまった。

「ええ、今年で二十歳になるんだけど、身体の弱い子でね……。あまり外には出られないから、普段は家の中で動物たちの世話をしてくれているのよ」

佐藤は「お優しい娘さんですね」と言い、家族構成の欄に「三人」と書き加えた。

ひと通りの手続きを終えたのち、弓子は猫たちの頭を順々になで、「それでは日曜日に」と言ってカフェを出ようとしたその時、くもりガラスの扉が開き、若い女性客が中に入ってきた。

「あら、レミさん。おかえりなさい」

店主の佐藤は、常連と思われる若い女性客に「いらっしゃい」ではなく「おかえりなさい」と声をかけた。こういう気遣いが、このカフェの温かさを作っているのだろう。声をかけられたレミという名の女性は、「ただいま、久美子さん」と言った。

すると、弓子がすかさず「こんにちは」と女性客に話しかけた。

佐藤が女性客に一連のことを説明すると、彼女はうなずきながらこう言った。

「まぁ、動物保護の活動をなさっている方なんですね。実は私、数年前に拾った三毛猫と暮らしているんですけど、私の帰りが遅い時は一匹じゃ寂しそうで……。なので、時々ここに寄って、うちの猫のお見合い相手を探してるんです」

ほがらかに笑う彼女の笑顔は、その場の空気をさらにパッと明るくした。

そして、飼っている猫について少々不思議な話を語り始めた。

「でもね、うちの猫はちょっと変わってて……。あ、『姫ちゃん』って名前なんですけど、普通の猫とちょっと違って、人間以上に私の心の中を察してくれるんですよ」

「人間以上に……心の中を？」

僕と弓子は、同じ方向に首をかしげながらレミの話を聞いた。

「例えば、早起きしなければならない朝は、必ずその時間に起こしてくれるし、具合が悪くて横になっていると、身体をすり寄せて私を温めてくれるんです。だから、姫ちゃんがいれば全然寂しくないので、いつまで経っても私は独身なのかも……。正確にはバツイチなんですけどね」

小柄で細身のレミは、決してモテないタイプではない。清楚なワンピースに白いショルダーバッグを持ち、どちらかと言えば美人の領域に入っていると僕は思う。

もし、ここに宏夢がいたら「こんな美人が独身なんて、もったいない」と、あからさまなコメントを発しただろう。

ともあれ、そんな不思議な話をしたレミは、「それではまた」と軽く会釈し、猫たちとたわむれに行った。

僕と弓子も差しさわりのない挨拶を交わしたのち、店主の佐藤と再会の約束をして猫カフェをあとにした。

＊

「ただいま。あなたー、帰ってる？」

夫と二人で営んでいる小さな金物店の入口から、奥の居間に向かって呼びかけることが、帰宅した時の私の習慣となっている。金物店を営んでいるとはいえ、その収入だけでは心細いため、夫は週に何度か朝晩新聞配達をしているのだが、大抵私よりも先に帰っている。

そして、台所で晩酌のつまみを作っている夫の背中に、私は今日一日の出来事を話し始めた。いつも行っているパチンコ店に、隣町の猫カフェから問い合わせが入ったこと、五郎と一緒にカフェへ行ったこと、そして五匹も引き取ってくれることになったこと。「ほほぉ、へぇ、そうかい」を繰り返すだけの夫の返事だが、それでも私はその「ほほぉ、へぇ、そうかい」を聞くことで一日がようやく終わるような気持ちになる。

「あなたも、たまにはパチンコでもしてきたら？　息抜きになるわよ」

「いやぁ、僕はいいよ。お前みたいな運もないし……。さ、できたよ。ごはんにしよう」

おろしたてのショウガが乗った冷ややっこと、解凍した枝豆をちゃぶ台に置いた夫は、冷蔵庫から残り物の肉じゃがとビールを取り出した。

「そういえば、青葉……猫たちにちゃんとエサあげたかしら」

娘の青葉は、今年で二十歳になるというのにまだまだ子どもっぽく、漫画を読み始めると他のことを忘れ、何時間でも読み続けてしまうことがあるのだ。

「大丈夫、ちゃんとエサあげてたよ」

「そう、それならいいけど。いくら身体が弱いからといって子ども扱いしていたら、お嫁に行けなくなってしまうものね」

「ま、その時はその時さ。とにかく、青葉はもう食べ終わったから僕らも食べて片づけるとしよう」

決して裕福ではないこの暮らしの中で、夫の晩酌に付き合いながら一日の報告をすることの瞬間が、私にとっては至福のひとときと言える。動物保護についても、協力まではしなくとも深く理解してくれていることに、心から感謝している。

私は、夫が用意してくれた冷ややっこを一口食べ、今日一日の出来事の続きを話した。

「それでね、佐藤さんて方の活動が本当に素晴らしいの。カフェには血統書つきの猫だけではなく、捨て猫など保護された猫もいてね、里親さんを見つけるきっかけ作りもしているのよ。そうだ、あそこで青葉を働かせてもらえないかしら」

「無理だよ、もし勤務中に青葉の具合が悪くなってしまったら、ご迷惑をおかけしてしまうだろう？」

「ええ、まぁ……それもそうね。それとね、レミさんていう若いお客さんに会ったんだけど、その方の飼っている猫は、人の気持ちがわかる猫なんですって」

「人の気持ちがわかる……猫？」

「そう、朝起こしてくれたり、病気の時は寄り添ってきたり、携帯を枕元に持ってきてくれたりするらしいの。すごいわよね」

「なんだか、テレビの中の話みたいだね」

「テレビの……中の？」

「あぁ、変わった芸を持つ動物とか、テレビで紹介してるだろ？　それみたいだよね」

「そ、それよ！　あなた、ナイスアイディアだわ！　レミさんの猫をテレビで紹介するのよ！　ついでに佐藤さんとこの猫カフェも紹介してもらえれば、保護されている猫たちの里親さんがたくさん見つかるかもしれない！」

「弓子……そんな簡単に言うけど、どうやってテレビで紹介してもらうつもりだい？」

「確か、宏夢ちゃんが勤めるなんでも屋の社長に、テレビ局の知り合いがいるって聞いたことあるわ。食べ終わったら電話して聞いてみる」

「相変わらず、君は行動力があるねぇ」

「あら、そうかしら？　それはともかく、なんだかワクワクしてきたわ。さ、早く食べちゃいましょう」


すみやかに食事を済ませ、私は宏夢の携帯に電話をかけた。すると宏夢は、まるで自分がテレビに映るかのようにはしゃぎ、テレビ関係者との取りつぎを社長にお願いしてくれると約束してくれた。

そして数日経った頃、宏夢を通してテレビ局からの返答をもらった。テレビ局とはいえ、地元の小さな放送局ではあるが、それでも影響力は期待できる。レミの猫を紹介してもらうと共に、佐藤の猫カフェも紹介してもらう方向で検討してくれるとのこと。もし実現したら、きっと佐藤自身もカフェ運営に張り合いが出るだろう。

レミの猫の話は、テレビ関係者が聞いても新鮮だったようで、早急に話を聞いてみたいとのことだ。

早速、レミに取りついでもらうため、猫カフェに電話をかけると、偶然そこにレミがいるという。私は興奮した状態で「ぜひレミさんに替わってください！」と言い、猫の姫ちゃんをテレビで紹介してもらえそうなことを直接伝えることにした。

しかし、レミの口からは、私の期待とはうらはらな回答が返ってきた。

「そういうの困るんですけど……」

「え？」

「姫ちゃんを見せものにするようなこと、したくないんです」

「そんな、見せものだなんて……。姫ちゃんのお見合い相手も見つかるかもしれないし、猫カフェの佐藤さんの活動も広がるだろうし、悪い話ではないと思うんですけど、どうしてもダメですか？」

「せっかくのお話ですが……すみません」

レミは、そう言うと電話を切ってしまった。

私は、気を悪くさせてしまったことに胸が痛んだ。

レミのため、佐藤のため、と言いつつ、実は自分のためにレミの猫を利用しようとしていたのではないだろうか。テレビを通じて、動物たちのもらい手を楽に見つけようとする気持ちがあったのではないだろうか。自問自答を繰り返し、私はレミに直接謝りに行くことを決めた。

翌日、再び猫カフェに電話を入れ、佐藤に事情を話してレミの住所を教えてもらった。

一人で行くとまた余計なことを言ってしまいそうだったので、五郎についてきてもらえないかお願いしてみようと、私はいつものパチンコ店へ向かった。

＊

その日は、「五郎ちゃーん」という声が外から聞こえることもなく、静かな午後だった。と思っていた矢先、事務所のドアがノックされ、いつもより元気のない弓子が中に入ってきた。

「どうしたの？　弓子さん」

「あのね、五郎ちゃん……実は、レミさんの家についてきてもらいたいの」

いつもと様子が違う弓子から事情を聞くと、なにやらまたお節介なことをしてしまったそうな。肩を落とし、かなり反省していることがうかがえるため、僕で力になれるなら……と、レミの家へ付き添うことにした。

そして、レミの家までの道のりを調べようと、事務所のパソコンに住所を打ち込んでみると、地図上に表示されたそこは……住宅地とはかけ離れた空き地だったのだ。

「こ、これはいったい……どういうこと？」

「こっちが聞きたいよ」

結局、ありとあらゆる情報を持っている宏夢の力を借りることとなり、僕らは三人で事務所のテーブルを囲んだ。

でかい態度でソファーに座っている宏夢は、レミについての情報を弓子から詳しく聞き始めた。

「レミさんて人の職業は？」

「確か、デザイン系の仕事してるって言ってたような……」

「デザイン系って、何の？」

「何だったかしら……、佐藤さんからチラッと聞いたんだけど、横文字の仕事はよくわからなくて。とにかくフリーでやってるから、問い合わせが入ると出向いて行くことが多いらしいって言ってたような……」

「問い合わせが入ると？」

宏夢は、食らいつくように聞き返した。

「だとすると、何らかの方法でコンタクトを取ることができる可能性が高いな」

そう言うと、宏夢はパソコンの前へ行き、「デザイン　藤井レミ　フリー」と検索ワードを打ち込んだ。ヒットした画面を隅々まで探しつつ、何度か検索ワードを変えながら打ち込み続けていると、それらしきページのタイトルが浮上してきた。

「あっ！　これじゃない？」

宏夢が指さす先を見ると、そこには「メモリアルデザイナー　藤井レミのページ」と書かれたホームページのタイトルが表示されている。そのタイトルをクリックしてみると、優しそうな笑顔で写っているレミのプロフィール写真が出てきた。

「彼女だわ。間違いない、猫カフェで会ったあのレミさんよ」

宏夢は、「ビンゴ」と言いながら小脇でガッツポーズを取って見せた。

レミの仕事は、大切なペットの写真をもとに本物そっくりのぬいぐるみを作る造形デザイナーらしい。主に亡きペットの姿を復元することが多いらしく、お客さんの感想欄には「〇〇ちゃんが生き返ったようです！」「毎日癒やされてます」「待った甲斐がありました！」など、感謝を込めた熱い想いがいくつも書き込まれている。過去の作品例を見てみると、その完成度は想像を超えるほどの出来栄《できば》えだった。レミが制作したぬいぐるみは、毛並みの色合いや細かい表情まで見事に再現されていて、まるで命を吹き込まれたかのように生き生きとして見える。

宏夢は、「この人すげぇ……」と改めてレミの才能を見直している様子だ。

そしてホームページの概要部分に小さく記されている住所を書き写すと、「さ、行こうぜ」と宏夢は言った。「アポなしで？」と僕が言うと、弓子は宏夢に賛同し、「そうね、電話しても会ってくれないかもしれないし……直接行ってみましょう」と言った。

レミが自宅兼アトリエとしている住まいは、猫カフェのある埼玉県を越え、茨城県に入ってすぐのところだった。とはいえ、辺りは信号も何もない田んぼ道だから車なら三十～四十分程度で着くだろう。

早速、店長の車で近くまで行ったものの、そこは街灯一つ立っておらず、言っちゃ悪いが少々不気味な雰囲気だ。すでに日も暮れ始め、早く見つけないと数メートル先も見えなくなるかもしれない。

「本当に、こんなところに人が住んでんのかよ」

宏夢のつぶやきは、僕ら三人の気持ちを代弁するものだと言える。

しばらく進むと、ホームページに記されていた住所にたどり着いた。そこには小さな平屋が一軒たたずんでいて、表札には「藤井」と書かれている。

「レミさんて人、確かまだ二十代だよね？　あんなに若くてきれいな人が、本当にこんなところに一人で暮らしてるのかなぁ」

宏夢の意見は、ごもっともだ。街灯もないこんな薄暗いところに一人で暮らしているなんて、いったいどんな思いで住んでいるんだろう。しかも、マンションのような防犯対策も一切ない小さな平屋では、いつ泥棒が入ったっておかしくない。

ひとまず、レミの家の横に車を停め、キーを抜いて玄関へ向かおうとしたその時、家の側面の窓から中の様子が見えた。

髪を一つにまとめたレミが、作業台と思われる机の前でぬいぐるみを作っている。

「レミさんだ……」

やはり、ここは彼女の家に間違いなかった。誰かと暮らしているような気配もなく、本当にここで一人暮らしをしているのだ。

すると宏夢は「のぞき見してるみたいだから、玄関に回ろうぜ」と言って歩き出した。そして「藤井」と書かれた表札の前まで行くと、小さな三輪車が置いてあるのを見つけた。新品同様のピンク色をした三輪車だ。

様々な憶測が脳裏をよぎる中、弓子がスッと手を伸ばし、チャイムを押した。

「はーい、どなた？」という声と共に玄関の灯りがつき、横にスライドする和風の扉が開いた。

「弓…子さん？　五郎さんと…えっと……」

「どうも！　なんでも屋の宏夢です！」

不自然とも言える明るい声で、宏夢は敬礼のポーズをして見せた。

様々な不安と疑問を抱えながら立っている僕らのことを、レミは嫌な顔一つ見せず家の中へ招いてくれた。

弓子は玄関に一歩入ると、「先日は、失礼なことを申し上げてごめんなさい」と深々と頭を下げた。レミは「いえいえ」と微笑みながら、こう答えた。

「お気になさらないでください。私の方こそ、せっかくのご提案を無にするような回答をしてすみません。それにしても、よくここがわかりましたね。あまりにも田舎だから恥ずかしくて、猫カフェの佐藤さんには町のマンションに住んでいることにしていたんです。ともあれ、せっかくですからお茶でも飲んでいってください。さ、どうぞあがって」

弓子が思っているほどレミは気にしている様子もなかったため、これで弓子も元気を取り戻すだろうと思いながら家にあがらせてもらった。

きちんと整とんされたレミの家は、必要最小限のスペースではありながらも居心地のいい空間である。四畳半ほどのキッチンには、一人用の小さいダイニングテーブルが置いてあり、作業場兼寝室には制作中のぬいぐるみがいくつか並んでいる。

宏夢は、作業場の前で立ち止まると、今にも動き出しそうなぬいぐるみを見ながら「すっげ」とつぶやいた。確かに、写真で見るよりも実物は遥かにリアルだ。立ち止まっている僕らに対して、レミは「どうかしましたか?」と聞いてきた。まじまじとぬいぐるみを見ていた宏夢は、素直な感想をレミに伝えた。

「これ、すごいっすね。一個作るのにどれくらい時間かかるんっすか?」

するとレミは、宏夢の幼稚な質問をも包み込むかのような優しい笑顔で答えてくれた。

「ありがとうございます。そんな風に言ってもらえて嬉しいわ。完成するまでには、約一週間て感じかしら。複雑なデザインだと二週間以上かかることもあるけど、お客さんの喜ぶ笑顔を見るのが楽しみで、つい時間を忘れちゃうんです。それに……」

「それに？」
「私に依頼してくれるお客さんは、大切なペットを亡くして心を痛めている方が多いので、少しでも元気を出してもらうためには絶対に手を抜けないんです。生きていた頃の鳴き声や、飼い主さんと遊んでいた時の姿を想像して、できる限り復元してあげられるよう布や毛糸の質感を使い分けて工夫してるんですよ」

レミの純粋な信念を聞き、僕は心が洗われるような気持ちになった。お金や名誉のためだけじゃなく、人の心を癒やすために自分の技術を精一杯尽くしている彼女は、きっと心がきれいな人なのだろう。

そして、真っ白いじゅうたんが敷かれている六畳ほどの居間へ僕らは案内された。家の中へ入った時の印象通り、こぢんまりしている2ＤＫの平屋は使い勝手よく振り分けられている。ひざ丈のテーブルの下には、猫の姫ちゃんが身体を丸めて眠っているものの、ピクリとも動く様子がない。

「せっかく来ていただいたのに、ごめんなさいね。今日の姫ちゃんは具合が悪くて……いつもはもっと元気なんですよ」

華やかなレミの笑顔とはうらはらに、僕らは悲しすぎる現実を目の当たりにした。テーブルの下で身体を丸めて寝ている三毛猫の姫ちゃんは……いや、姫ちゃんも、本物そっくりに作られたぬいぐるみの猫だったのだ。

レミは、ぬいぐるみの姫ちゃんを僕らに紹介した。僕らは、黙って見ていることしかできなかった。でも、ぬいぐるみの姫ちゃんに語りかけるレミの表情は、少なくとも僕らをだましているようには見えない。それどころか、とても幸せそうである。

すると、見るに見かねた宏夢は、深呼吸をしたのちレミにこう言った。

「あのぉ……、それってぬいぐるみだよね？」

僕は、弓子と顔を見合わせた。触れてはいけない領域に足を踏み込んだ宏夢の言動にヒヤッとしたものの、レミは宏夢の語りかけに動揺することなく、「今お茶入れますね」と言ってキッチンへ行った。

その隙に僕らは顔を寄せ合い、この場をどう切り抜けるかを話し合った。

宏夢は「とりあえず帰ろうよ」と言い、弓子は「嘘に付き合ってあげましょう」と言った。僕は、結局どうしていいかわからないまま黙っていた。そしてお茶を持って戻ってきたレミに、弓子はこんな提案をした。

「そういえば、レミさんは姫ちゃんのお見合い相手を探しているのよね？」

「ええ、まぁ。でも、姫ちゃんは臆病だから、他の猫と一緒に暮らせるかどうか……」

「私の知り合いで、近々海外へ行く人がいるの。その方が飼っている猫ちゃんはとてもおとなしくて良い子なんだけど、一緒に連れて行くことが難しいみたいで……。大切に育てられた猫ちゃんだからこそ、ぜひ姫ちゃんのお見合い相手にどうかしら？」

宏夢は、「またお節介が始まった」と言いながら、レミの入れてくれたお茶を一口飲んだ。しかし僕は、弓子の提案がただのお節介だとは思えなかった。おそらく、実際に猫を飼うことで、レミのついている嘘を「本当」に変えようと弓子はしているのではないだろうか。

するると、笑顔で聞いていたレミの表情は次第にこわばってきて、震えたような声で何かをつぶやいた。よく聞こえなかった僕らは、「え？」と聞き返した。

「もう帰って……」

うつむいていたレミが顔をあげると、目から大粒の涙が次から次へと溢れ出ていた。僕は、こんなにも悲しい涙を流している人を、今まで見たことがない。

僕らはその場をそっと立ち、それぞれが小さな声で「お邪魔しました」と言ってレミの家をあとにした。真っ暗になった帰り道、車内で口を開く者は誰もいなかった。

レミが大切にしている〝姫ちゃん〟は、はじめから存在しなかったのか、それとも過去に存在していたのか、それは僕らにはわからない。でも、あんな暗闇にたった一人で暮らすというのは、よほど悲しい過去があったからとしか考えられない。生きているようで生きていないというか、いったい彼女の過去に何があったのだろう。いや待てよ、悲しみの底にいるレミだからこそ、メモリアルデザイナーとして心を痛めた人たちを癒やせるのかもしれない。

それにしても、玄関に置いてあったあの三輪車はいったい誰のものなんだ。家の中には、小さな子どもがいる気配は一切なかったが……。

後味の悪い突撃訪問から数日経ったある日、猫カフェの店主の佐藤から弓子に電話がかかってきた。レミから僕たちに「話したいことがある」という伝言を預かったらしく、次の土曜、僕らはレミと猫カフェで再会することとなった。

――土曜日――

その日、猫カフェの入口には「貸し切り」の札がかけられていた。

くもりガラスの扉を開くと、広いフロアの真ん中にポツンとレミが座っていた。

丸いアンティークなテーブルの上には、ぬいぐるみの姫ちゃんが置かれている。

僕らの姿を見たレミは、席を立って「お休みの日にわざわざお呼び立てして、すみません」と言い、深々とおじぎをした。

その表情は、この間訪問した時とは打って変わって、どことなくスッキリとしたようだった。

「こちらこそ突然お伺いして失礼しました」と弓子が代表して謝罪し、僕らもレミにおじぎをした。

全員がそろったところで、フロアの奥から店主の佐藤が紅茶を持って出てきた。

「さぁ、皆さん。堅苦しい顔してないで、どうぞ座って」

レミは佐藤が入れてくれたブルーベリーティーを一口飲み、小さく深呼吸すると、心穏やかに話し始めた。

「私には、娘がいたんです。といっても、この世を素通りして天国へ行ってしまったんですけど……」

「この世を……素通り？」

控え目な声で質問した弓子に対し、レミは穏やかな表情で答えた。

「ええ、私の夫は十三歳も年上だったんですけど、彼と彼のご両親は子どもを強く望んでいたため、二十歳で籍を入れたんです。でも、なかなか子どもに恵まれなくて……。そして三年前、二十五歳になった私はようやく妊娠したんです。夫と夫の両親はたいそう喜んでくれました。ただ、妊娠七ヶ月に入った頃、安定期だからと安心した夫は、海外出張へ私を連れて行ってくれたんです。出張とはいえ、久々に旅行気分が味わえるとはしゃいだ私は、夫が仕事をしている間に一人で買い物に出ました。自分が戻るまではホテルを出ちゃいけないよと言われていたにもかかわらず、待ちきれなかった私がいけないんですけど……買い物中に引ったくりにあってしまい、その時ぶつかられた衝撃で子どもは……」

そこまで一気に語ったレミは、言葉を詰まらせた。弓子は席を立ち、レミの背中をそっとさすった。そしてレミは話を続けた。

「その子は、念願の女の子でした。夫は、私の不注意を許すことができず、離婚に至りました。というより、その時の流産がきっかけで私はこの先妊娠することが難しいと医師に言われたことが離婚の一番の理由です。夫の両親は、せっかく若いお嫁さんをもらったのに、子どもが産めないんじゃ意味がないって……そうハッキリ言われたんです」

真剣な顔でレミの話を聞いていた宏夢は、怒りをあらわにしてこう言った。

「あのさ、そいつらクズだわ」

乱暴な言葉だが宏夢の優しさを感じたと思われるレミは、苦笑いして話を続けた。

「現実と向き合わなくちゃと思って、私は仕事を始めました。高校を卒業してから結婚するまでの二年間、キャラクターの試作品を作る仕事をしていたので、その時の技術を生かせればと思ってぬいぐるみ作りを始めたんです。はじめは近所の人のペットを真似て作ってみたり、公園で出会った犬を作ったりしているうち、徐々に注文が増えてきて、自然と食べていけるようになったんです。でも……」

「でも？」

レミの背中をさすっていた弓子は手を止め、再び椅子に腰かけて話を聞いた。

「お腹の赤ちゃんを失った悲しみは、一向に消えませんでした。両親は、出戻った私を優しく迎えてくれたものの、優しくしてくれればくれるほどつらくて……。私は娘のために買っておいた三輪車を持って今の住まいへ引っ越したんです。でも、私が作ったぬいぐるみを手にしたお客さんの笑顔を見るのは好きで、その瞬間は救われた気がしました。もしかしたら、自分のためにぬいぐるみを作れば私の中の悲しみも消え去るかもしれないと思い、私は天国の赤ちゃんを復元しようと思ったんです。でも……作れなかった。顔が思い浮かばないし、思い浮かべると涙が溢れてしまうし、全然手が進まなくて……。そこで、昔飼っていた三毛猫の『姫ちゃん』を試しに作ってみたところ、完成が近づくにつれて不思議と心が軽くなってきたんです」

弓子は、机の上に置いてある猫のぬいぐるみをそっとなでながら、「それが、ここにいる姫ちゃんなのね」と言った。

「はい。姫ちゃんは、私の悲しみを確実に小さくしてくれました。でも、姫ちゃんの存在によって私の心が癒やされることは罪ではないかと、次第に考えるようになったんです」

「どういうこと？」

「天国の娘以外の存在に愛情を注ぐことは、娘の存在自体が薄れてきている証拠ではないかなって……それは罪なんじゃないかなって……」

　すると黙って聞いていた宏夢が、ゆっくりと口を開いた。

「レミさん、それは罪じゃないよ」

「え……？」

「だって、そこにいる姫ちゃんは、娘さんそのものなんじゃないかな。姿は猫のぬいぐるみだけど、姿形なんて関係ないと思う。レミさんがそれだけ愛情を注げるってことは、姫ちゃんの中に娘さんが宿ってる証拠というか……何て言っていいかわからないけど、愛情を注ぐことが罪になるなんてことは絶対にないと俺は思うな」

　宏夢の話には、不思議と説得力を感じた。下を向いていたレミの目からは、大粒の涙がこぼれた。そして、宏夢に素直な本心を語った。

「ありがとう……。宏夢さん、ありがとう。ただ、これだけは信じてください。私が高熱でうなされていた時、どこからともなく姫ちゃんの鳴き声がして、私にすり寄ってきてくれた気がしたのは本当なんです。ぴったりと寄り添ってくれたところがポカポカ温かくて、私はそのぬくもりのお陰で体調が回復したんです」

するると、深くうなずいていた弓子が、しみじみと「わかるわ……」とレミに言った。そして、こうも付け足した。

「実は……私も聞いたことがあるの。いるはずのない人の声を……」

僕たちは、一斉に弓子の方を見た。弓子の表情は真剣で、レミに同情して嘘をついているようには見えないが、そこから先を語ろうとする様子も感じられない。

すると、店主の佐藤が弓子に向かってこんなことを言った。

「それは、青葉ちゃんの声……ですよね？」

弓子は目を大きく見開き、「なぜそれを……？」と佐藤に聞いた。

宏夢は、「青葉ちゃんて、身体の弱い娘さんのこと……だよね？」と弓子に語りかけたが、弓子は下を向いて黙っている。

佐藤は黙って席を立つと、「実は今日、もう一人ここにお招きしている方がいるんです」と言い、奥の部屋へ呼びに行った。そしてその人を僕らの前へ連れてくると、顔をあげた弓子は目を見開きながらつぶやいた。

「あなた……どうしてここに!?」

もう一人の来客とは、弓子の旦那のことだったのだ。旦那は、弓子の向かい側の席に座ると、弓子に優しく語りかけた。

「弓子、お前もレミさんと同じように、現実と向き合う時が来たんじゃないか？」

そして、ここへ呼ばれた理由を話し始めた。

「今日、もしかしたら弓子がつらい思いをしてしまうかもしれないから……と、佐藤さんが僕をここに呼んでくれたんだ。弓子と同じような境遇のレミさんが、現実を受け入れる瞬間、弓子も青葉のことを思い出してしまうかもしれないから……とね」

弓子とレミの境遇が似ている……ということはいったい!? 頭の中がパニックになりそうになっていた時、宏夢が確信をつく質問を弓子の旦那に投げかけた。

「もしかして、いつも家の中にいる身体の弱い娘さんて……」

弓子の旦那は、ゆっくりとうなずきながら宏夢の質問に答えた。

「僕らの娘の青葉は……亡くなってるんだ。八年前、ある事故によって大きなケガを負い、その合併症で肺炎をこじらせてしまってね……。佐藤さんは、この猫カフェを営む前、青葉が入院していた総合病院でカウンセラーをしていた方なんだ。青葉の心のケアをしてもらうため、医師に紹介してもらったカウンセラーが佐藤さんだった。でも、青葉がカウンセリングを受けていることは、弓子には内緒にしていた。弓子が知ったら、きっと自分を責め続けるだろうと思ったから……」

宏夢は、素直に「どういうこと？」と聞いた。

受け入れたくない現実に目をつむりながら、弓子はそっと口を開いた。

「青葉は、私が殺したようなものなの……。あの時、私が待ち合わせ場所に遅れなければ、あんな事故に巻き込まれることはなかったのに……」

「あんな事故……って？」

宏夢は、遠慮がちな声のトーンで弓子に問いかけた。弓子は、つむっていた目をそっと開き、封印していた過去を語り始めた。

「あの日、青葉と一緒に神社へお守りを買いに行く約束をしていたの。純白のセーラー服を着るのが夢だった青葉は、私立中学への進学を望み、受験を控えていたから。休みの日も塾へ通っていたあの子は、塾の帰り、時間通りに駅で私を待っていてくれたの。それなのに私は駅への途中にあるクリーニング店でつい長話をしてしまい、待ち合わせに遅れて……。駅に着いたら……改札の前の道路で青葉が横たわっていて……」

声を詰まらせてしまった弓子に代わって、そこから先は弓子の旦那が話してくれた。

「飲酒運転の車が、青葉に激突したんだ。幸い、命に別状はなかったものの、顔に大きな傷を負ってね……。それ以来、明るかった青葉は心を閉ざしてしまったんだよ」

弓子の旦那の話によると、顔に傷を負った青葉は、その後誰とも口をきかなくなったとのこと。成績優秀で歌や運動も得意だった娘の未来を奪ってしまったと、弓子は自分を責め続けた……と。その後、青葉は入院中に病院の中庭で雨に打たれたことにより肺炎を起こし、旅立ってしまったとのことだった。青葉が旅立った時、弓子は自分のことを恨んだまま天国へ行ってしまったと思い込み、青葉の死を受け入れられず、「死」はなかったこととして生きることを選んだという。

そして弓子の旦那は、話を続けた。

「佐藤さんは、青葉が亡くなったあとカウンセラーを辞めたそうで、何度か手紙を送ってきてくれた。でも、弓子の中で青葉は生き続けていたため、僕は佐藤さんからの手紙を弓子に見せたことはなかった。だからその時、手紙はこれで最後にしてほしいと伝えたんだ。そして、弓子が現実を受け入れる日が来るまで、僕は三人家族という設定の生活を続けようと覚悟した」

「ご主人のおっしゃる通りです。私は、青葉ちゃんを失ってしまったことで、人を救うということに対して自信をなくし、カウンセラーを辞めました。お手紙を書くこともやめ、しばらくは何もせず貯金を切り崩して暮らしていましたが、ある時、大雨に打たれている子猫に出会ったんです。私は思わず青葉ちゃんの姿と重ね合わせてしまいました。病院の中庭で雨に打たれて肺炎になってしまった青葉ちゃんの姿と……。だから私は、本能的に子猫を救わなきゃ……と思いました。そして着ていたカーディガンに、ずぶ濡れの子猫をくるみ、家に連れて帰ったんです。すると、その子猫を飼い始めたことによって、近所の方々がエサなどを届けてくれるようになり、自然と家に人が集まり始め、いつしかみんなでお茶を飲むことが習慣に……」

「それがきっかけで、猫カフェを？　じゃあ、その時の猫もこの中に？」

僕は、カフェのフロアを見渡しながら佐藤に聞いた。

「ええ、でも、その時の猫はここにいません。心優しい里親さんのところに、家族として受け入れてもらったので。その猫がもらわれていったことを機に、保護活動も兼ねたカフェにしようと考え、捨て猫と里親さんを結ぶ活動をしてきたんです。そして隣町のパチンコ屋さんに里親探しのノートが置いてあるという噂を聞いて、ぜひ見てみたいと思ったんです。もっとたくさんの命が救えるかもしれないと思いまして」

弓子の小さな肩をさすっていた旦那は、そこから先のことを語り始めた。

「佐藤さんは、そのノートを見たことで、弓子も同じような活動をしていることを知ったんだ。それで八年ぶりに手紙をくれ、弓子の活動をサポートしたいということが書いてあった。もちろん、当時のカウンセラーということは言わず、あくまでも猫カフェの店主として」

それまで沈黙を守っていた弓子は、旦那の話をさえぎるように語り出した。

「それじゃあ、ここに初めて来た時には、私が青葉の母親だということは知っていたってこと？　夫と娘と三人で暮らしているってことも、嘘だって知っていたってこと？」

興奮気味の弓子をなだめるように、旦那は「それは、町のみんなも同じだろ？」と言った。

僕はふと、レミの家へ行った時のことを思い出した。弓子が「嘘に付き合ってあげましょう」と言ったのは、自分と重ね合わせていたのだろう。町の人たちが弓子の嘘を受け入れ、青葉の存在を認めてくれていたことで、弓子は心が支えられていたのだ。

長い月日、胸に溜め続けていた悲しみのかたまりを砕くかのように、弓子はつぶやいた。

「私さえ遅れなければ……。私のせいで青葉は顔に傷を負ってしまい、悩み苦しんで自殺したのよ……」

声には出せなかったが、自殺？という衝撃のクエスチョンが頭の中に浮かんだ。

するると佐藤は、「それは違います」とハッキリとした声で発言した。

「青葉ちゃんは、自殺ではありません。主治医からも、合併症による肺炎が原因だと聞いています。青葉ちゃんは、笑顔の自分を取り戻そうと前向きになり始めていました。それに、お母さんを恨んでいたなんてことは絶対にありませんし、ましてや自殺のはずがありません」

「じゃあ、どうして何時間も雨に打たれるようなことを青葉はしたんですか？　まるで自ら肺炎になろうとしていたかのように、冷たい雨に打たれ続けていたところを看護師さんが見つけてくれたんですよね？　自殺しようとしていたに違いないんです！　私が……私が青葉を死に追いやってしまったんです！」

我を忘れ、泣き叫んでいる弓子は、レミが大粒の涙を流していた時と同じように、悲しみの底にいる顔をしていた。

八年もの間、背を向け続けてきた現実の壁は、想像を超える高さまで立ちはだかってしまったのだろう。目の前の壁にぶつける弓子の悲しみは、跳ね返って僕らの心にジンジンと突き刺さる。

そして弓子は、その場に泣き崩れた。佐藤は、そんな弓子の背中を優しくさすりながら、何気なくこんなことを語った。

「弓子さん、夢を追っている人が自殺すると思いますか？」

「……夢？」

「ええ、青葉ちゃんが大事にしていたお守りの中に、彼女の夢が託してありましたよね？」

「お守りの……中に？」

「そうです。事故のあと、弓子さんが青葉ちゃんに買ってあげたというお守りです。夢を持って前進してくれるよう、励ますためにお守りを買ってあげましたよね？　素直に『ありがとう』と言えないでいることを青葉ちゃんは嘆いてましたが、退院したらお母さんに新しい夢を伝えるんだと言って、その思いを紙に書き、お守りに入れて持ち歩いてました。

当時、担当の看護師がお母さんにお渡ししたと言ってましたが……」

「はい、確かに受け取りました。青葉の息吹を感じるために、今でも肌身離さず持ち歩いています。でも、お守りの中の夢っていったい……？」

娘の死を受け入れられなかった弓子は、形見のお守りを看護師から受け取った際、どのような言葉も耳に入る状態ではなかったのだろう。今の今までお守りを開いたことはないという。首からさげていたヒモを両手でそっと外すと、僕らの前で恐る恐るお守りの口を開いた。そして中から折りたたまれた紙を取り出すと、旦那と共に慎重に開き、八年越しに娘の文字と対面した。

そこには、佐藤の言っていた通り青葉の夢がつづられていた。いつか弓子に伝えようとしていたと思われる言葉が、小さな紙にぎっしりと詰め込まれている。

『お母さん、お守りありがとう。事故のあと一人で買いに行ってくれたと、お父さんから聞きました。心の整理がつかなくて、お礼をずっと言えなくてごめんね。あと、受験を応援してくれていたのに、途中であきらめちゃってごめんね。でもね私、新しい夢ができたの。それは、獣医になるという夢。お母さんは動物が好きだから、きっと賛成してくれるよね？　動物と向き合う仕事なら、顔に傷があっても気にならないし、お母さんにも助手になってもらって一緒に働ければいいな〜なんて……。純白のセーラー服は着られなかったけど、獣医さんになって純白の白衣を着られるようにがんばる！　だからもう自分を責めないで、明るいお母さんに戻ってください。お母さんの笑顔が大好き！』

青葉は新たな未来へ前進するため、そして愛する母親と笑顔で向き合うため、十二歳の彼女は必死に生きていたのだ。そんな彼女が、自殺などするはずがない。この小さな紙に込められた言葉たちが、一瞬でそのことを教えてくれた。僕は青葉に会ったことはないが、弓子によく似た笑顔の少女が、ふと目に浮かんだ。

すると、青葉の言葉を再びお守りの中にしまった弓子は、こんなことを言った。

「さつき、レミさんに『いるはずのない人の声を聞いたことがある』って言ったでしょう？　それは佐藤さんの言う通り、青葉の声なんです。あの子ね、私にこんなことを言ったの。『お母さん、笑って』って。それも、青葉に会いたくて会いたくて泣き明かした朝に、耳元で優しくささやいてきたの。そんなこと言われたら、笑うしかないじゃない？明るくするしかないじゃない？　世界一大切な青葉のお願いなんだもの……」


いつも明るかった弓子は、世界一大切な娘のために毎日笑顔で過ごしていたのだ。

涙ながらにお守りを抱きしめている弓子に、佐藤はさらなる真実を打ち明けた。

「弓子さん、実は私……もう一つ青葉ちゃんの想いをお預かりしているんです」

「！」

「私は、あなたが青葉ちゃんの死を受け入れられないでいると聞いていたので、今まで黙っていたのですが……青葉ちゃんはあるものを守るために、あの日雨に打たれてしまったんです」

佐藤はそっと立ち上がり、みんなが飲んでいる紅茶のカップを手に取った。そして弓子に差し出し、こう言った。

「八年前、青葉ちゃんは気持ちを入れ替えて再出発するために、ブルーベリーの苗を育てていました」

「ブルーベリーの……苗を？」

「はい、青葉ちゃんの名前の由来に、ブルーベリーが関係していますよね？」

「え、ええ……確かに。でも、なぜそれを？」

「青葉ちゃんは、自分の名前に誇りを持っていたんです。青葉ちゃんが生まれる前、ご夫婦でオーストラリアへ旅行した際にブルーベリー畑へ行かれましたよね？　その時、ブルーベリーの葉が青々と茂っていたことに感動したお二人は、子どもが生まれたら『青葉』とつけようね…と、お約束したとか。青葉ちゃんが、生き生きとした表情で教えてくれました。ご両親の愛を強く感じる名前を、彼女は誇りに思っていたんです。だから、自分の名前の由来となったブルーベリーを苗から育てると共に、生まれ変わる気持ちで人生を再出発させたい……と言っていたんですよ」

「それで、雨が降ったから発芽した苗を守ろうと……？」

弓子と同じ悲しみを持つレミが、ふと質問した。

「ええ、病院に許可をもらい、花壇の一画を借りてブルーベリーを育てていた青葉ちゃんは、本当によく面倒を見ていたんです。そしてようやく芽を出した矢先、嵐のような大雨が降ってきて……。消灯時刻を過ぎてからこっそりと病室を抜け出した青葉ちゃんは、朝まで苗に傘をさし続けていたのだろう……と、花壇の横で青葉ちゃんの姿を見つけた看護師がそう言っていました。これからの自分の人生を守るかのように、彼女は苗を守ったのかもしれません」

十二歳の少女が、小さな苗に傘をさし続けている姿は、どんなに想像力の乏しい人でも目に浮かぶことだろう。

弓子は、ただただ佐藤の話を聞いていた。佐藤は手にしていたブルーベリーティーのカップをテーブルに置き、話を続けた。

「そのことをお伝えしたら、きっと青葉ちゃんのお母さんは現実に引き戻されてしまうと思い、受け入れられる日が来るまで黙っていようと思っていたのですが……青葉ちゃんが自殺ではないと証明するためにも、今このタイミングでお伝えさせていただきました」

そう言うと、佐藤は弓子の手をぎゅっと握り、「お見せしたいものがあります」と言った。

「いつか、来るべき時が来たら、お見せしようと思ってました」

そして佐藤は、僕らを裏庭へと案内した。そこで佐藤が指さした先には、僕らの背丈より高いブルーベリーの木が凛と立っていた。枝には、青々とした葉が庭いっぱいに茂っている。

「もしかして、これ……」

弓子は、自分の背丈よりも遥かに高い木を見上げ、時が止まったかのようにずっと眺めている。

そんな弓子の横で、佐藤はささやくように真実を語った。

「病院を去る時、苗を鉢に移して持って帰ったんです。いつか、青葉ちゃんのお母さんが現実を受け入れる時が来たら、お渡ししよう…と。でも、あれよあれよと言う間に八年が経ち、こんなに立派な木に育ってしまって……」

僕らと共に圧倒されていたレミは、こんな質問をした。

「もしかして、いつも私たちが飲んでいたブルーベリーティーは、この木の……?」

佐藤は微笑みながらうなずき、「収穫が多い年は、ジャムにしてお客様にお出しすることもあるのよ」と言った。

ブルーベリーの木を眺め続けている弓子は、木にそっと手をあて、涙を流しながら「青葉……」と呼びかけた。優しくさすりながら、何度も何度も娘の名を呼びかけ、とめどなく涙を流し続けている。

しかし、それは悲しみの涙ではなく、八年分溜め続けていた涙を浄化しているかのように僕には見えた。心の出口をふさぎ、溜め続けてしまった涙を解放するかのように、弓子は涙を流し続けた。

もしかすると、人は前進するために泣くのかもしれない。

身も心も軽くし、新たな一歩を踏み出すために人は涙を流すのかもしれない。

弓子の悲しみを分け合うため、娘が生きているという嘘の生活を続けてくれていた旦那は、青々とした葉が生い茂ったブルーベリーの木に向かって「青葉、久しぶり」と声をかけていた。そして弓子の小さな肩を抱いてこう言った。

「きっと、青葉がここにいるみんなを引き寄せてくれたんだね。お母さんを悲しみの底から救ってあげて……これからの人生をみんなで前向きに生きて……って」

弓子は、肩に置かれた旦那の手に自分の手を乗せ、涙ながらの笑顔でこう返した。

「ええ、そうね。動物が大好きだった青葉は、猫を通じて私たちを引き寄せてくれたのかも。青葉が守ってくれたこの木のように、上を向いて生きなきゃ……現実を受け入れて一歩進まなきゃ、がんばり屋の青葉に叱られちゃうわね……」

本当に大切なことは、目に見える「存在」じゃないのかもしれない。

目に見えない透明の存在を、共に信じてくれる家族や仲間がいるということが、本当に大切なことなのかもしれない。

形なんてなくても、「心の中で生きている」ことは決して嘘じゃないから……。

そして、弓子とレミは形のない透明のスタートラインに立ち、新たな人生へと一歩踏み出したのだった。

カフェを出た僕らは、また会うことを約束した。

宏夢は、レミに「あんな暗いとこ住んでないで、俺らの町に引っ越してこいよ。手伝ってやっから」と、いつもの調子で言った。レミは、本気で引っ越しを考えると共に、弓子が紹介してくれた猫を飼うことにしたという。

それからしばらく平和な日々が続き、弓子も宏夢も相変わらずパチンコ三昧を続けている。そして、この町に来て三回目の十二月を迎えた。今年のクリスマスもまた一人で過ごすことになりそうだ……と思いながら店先のノートをめくっていると、新たに黒猫の写真が一枚貼られているのを見つけた。

その黒猫は片目がつぶれていて、なんとも痛々しい表情でこちらを見ている。

解説をざっと読むと、東北の震災で離れ離れになってしまい、全国の保護団体をくまなく探し続けているとのことだ。

しかし、この黒猫の存在によって、僕と宏夢の人生が思わぬ方向へ走り始めることになるとは、僕自身、そして宏夢も、知るよしもなかった。

最終話　奇跡の赤い糸

「五郎ちゃん、夏休みだからっていつまでも寝てないで、もう起きなさい。しろ君とお庭で遊んであげて」

優しい母の声で目が覚めると、目玉焼きとウィンナーの焼ける匂いが漂ってきた。

母が作る朝食は、週の半分以上がこのメニューである。

「お兄ちゃん、早く起きて！　庭に猫がいるの。すっごくかわいいよ！　ねぇ、早く起きてよ！」

通称「しろ君」と呼ばれる僕の弟は、三歳のわりによくしゃべる。それに、僕とは六歳も離れているのに一丁前に対等な話し方をしてくるのだ。兄弟なんだから当たり前だと思われるかもしれないが、「しろ」はある日突然僕の弟になった。

去年のクリスマスイブ、父さんが小さな男の子を連れて帰ってくると、僕の方を指さしながらこんなことを言った。

「しろ、あそこにいる子が今日からお前のお兄ちゃんだ」

戦隊モノのキャラクターがプリントされたトレーナーを着ている小さい男の子は、父さんの足にしがみつきながら「お兄……ちゃん？」と僕の目を見て言った。

何が起きたのか状況がつかめなかったものの、一人っ子だった僕は、心の奥底でささやかな期待がふくらんだ。そして、こんな質問をしてみた。

「君、サンタさんて信じる？」

すると男の子は黙って首をたてに振った。そして「でも来てもらったことはないの」と言った。その一瞬で、僕は目の前の「弟」と仲良くなれる気がした。なぜなら、僕もサンタクロースに来てもらったことは一度もない。友達が、サンタクロースは「お父さんなんだよ」と言っているのを聞いてからは、父さんがサンタクロースに変身してくれるのを待つようになった。でも、今の今まで一度もない。

「じゃあ、今晩は一緒に待とうか」

父さんの足にしがみついていた男の子は、パァッと明るい笑顔を見せ、「うん！」と言って僕のところへ駆け寄ってきた。

どうしてこの子が僕の弟なのかとか、どこから来たのかとか、そんな「理由」はわからないけど、それよりも僕は弟ができた喜びで胸がいっぱいだった。

母さんは優しいけど、身体が弱いから月に何度か入院してしまう。父さんは仕事が忙しいから、帰りが朝になることもたくさんある。そんな時、これからは一人じゃないんだ、眠る時に「おやすみ」を言う相手ができたんだ……と夢をふくらましながら、僕は小さな弟の手をぎゅっと握った。

「おい、五郎。こんなところで寝てんじゃないよ」

「わかったよ、しろ。今起きるから……。まったくもぉ、夏休みくらいゆっくり寝かせてくれよ……」

「いい加減にしろ、目を覚ませ！」

聞き慣れた声で目覚めた僕は、辺りを見回しハッとした。モップを持った店長が、店先のベンチで眠っている僕の顔をのぞき込んでいる。

「やばっ、本気で寝ちゃいました」

「お前、社員になる気あるのか？　いくら客の少ない店だからって、職場で寝るやつがあるか」

「すいません……」

「それより、『しろ』ってなんだよ」

「え？　そんなこと言ってました？」

「言ってたよ、犬でも飼ってたのか？」

「いや、えっと……弟です。史郎っていうんですけど、みんなに『しろ』って呼ばれてたもんで」

「へぇー、五郎に弟がいたとは知らなかったよ」

「ええ、まぁ、一年しか一緒に暮らしてないんですけどね」

「え？」

「複雑な事情がありまして……」

そこまで話したところで、常連に呼ばれた店長は店内へと戻って行った。

僕は、幼い頃の夢を見ていた。

ある日突然僕の弟となった史郎は、陶芸家をしていた父親が助手に産ませた隠し子ではないかと親戚は言っていた。

父親は、ほんの少し名の知れた陶芸家だったため、技術を学びたいと訪ねてくる人も少なからずいて、家にはいつも弟子や助手が出入りしていたのを覚えている。

そのような家の中で、僕が一番好きだったところは、大きな池のある庭だった。

草花を愛する母は、お気に入りの花に水をやり、その横で僕はいつも金魚たちにエサをあげていた。

六歳下の史郎も、広い庭で駆け回ることが大好きだった。ただ、史郎が来てから、母はあまり笑顔を見せなくなった。草花に水をやる時も、ボーッとしていて「うわの空」という感じだったのだ。

そんな日々が続き、史郎が来てから八ヶ月が過ぎようとしていたある夏の朝、うちの庭に一匹の黒猫が迷い込んできた。

「お兄ちゃん、早く起きて！　庭に猫がいるの。すっごくかわいいよ！　ねぇ、早く起きてよ！」

動物が好きな史郎は、朝寝坊していた僕を起こしに来たものの、なかなか起きない僕にシビレを切らし、庭に迷い込んだ黒猫を一人でそっとなでていた。そんな姿も愛おしかった。

その黒猫は度々庭に訪れるようになり、いつしかお腹が大きくなっていた。史郎は、お腹の大きい黒猫を見て、「黒猫ちゃん、ママになるんだね」とつぶやいた。その瞳は、どことなく寂しそうに見える。今思えば、突然見ず知らずの家に連れてこられた史郎の気持ちは、いったいどのようなものだったのだろうか。どんな経緯で母親と離れ、うちで暮らしていたのだろう。当時、幼かった僕はそのようなことを深く考えることもなく、ただただ無邪気に史郎と遊んでいた。

それからしばらくして、黒猫はうちの縁側の下で五匹の赤ちゃんを産んだ。そのうちの一匹は生まれつき片目が不自由だったのだが、なぜか史郎に一番なついていた。史郎は幼稚園から戻ると一目散に猫のところへ行き、子猫を一匹一匹そっと抱き上げてかわいがっていた。しかし、ある時、一匹の子猫が池に落ちてしまったのだ。その子は、片目の不自由な子猫と一番仲良しの子猫である。

史郎は、溺れている子猫を助けようとして、迷いなく池に足を踏み入れた。見た目よりも池が深いことを知っていた僕は、急いで史郎を止めようとした勢いで足を滑らせ、池に落ちてしまった。その様子を背後から見ていた母親は、すぐさま僕を助けに来たものの、史郎が僕を突き飛ばしたと思い込み、史郎の小さな頬を思いっきり引っぱたいたのだ。その時の痛々しい音は、今も忘れられない。いくらなんでも、そんなに怒ることないのに……と僕は思った。

池に落ちた子猫は、残念ながら助からなかった。父親の助手をしている男性の手により、池の底から泥まみれになった小さな黒猫が引き上げられた。

残りの四匹も、いつの間にか母猫と共にうちの庭から姿を消した。

池で子猫が死んでしまってから、史郎は急激に元気をなくした。庭で走り回ることもなくなり、満面の笑みで「お兄ちゃん遊ぼう！」と言ってくることもなくなった。

子猫を失ったことのショックと、僕の母親に思いっきり叩かれたことのショックと、どちらが心の傷になっているのか当時の僕にはわからなかったが、史郎を叩いた僕の母親自身にも心の変化は起きていた。

黒猫の親子がいなくなってから一週間ほど経った十二月のある日、母親は史郎を連れて家を出て行ってしまったのだ。あと数日でクリスマスだったため、家の中にはツリーが飾られ、史郎と一緒に作った折り紙の黒猫も飾っている途中だった。また、史郎がうちに来て一年目のお祝いも兼ね、いつもより大きなケーキを注文していたのだ。

それなのに、どうして母は突然史郎を連れて家を出て行ってしまったのだろう。

なにより、どうして僕ではなく、一年しか一緒に暮らしていない史郎を選んだのだろう。

僕は、母に愛されていなかったのだろうか。

そのことについては、十数年経った今でも、もやもやとし続けている。

母と史郎がいなくなってから、父は一層口数が少なくなった。父だけではなく、誰もが母のことを口に出さなくなり、まるではじめから母と史郎は存在していなかったかのように感じることすらあった。

母が史郎を連れて出て行ったことは悲しかったが、大好きな母がいなくなったことより、「お兄ちゃん」と慕ってくれた弟と二度と会えなくなってしまったことが、僕の中では消し去ることのできない悲しみとなった。母は優しい人だったが、どこか陰のある存在というか、僕の知らない顔を持っているようで、ほんの少しだけ距離を感じていた。史郎とはたったの一年しか暮らせなかったけど、サンタクロースを待つ「時」を共有したかけがえのない弟であり、最初で最後の親友だったから……。

すっかり寝込んでしまったベンチから腰をあげると、肌寒い風が吹いた。もうすぐクリスマスを迎えるこの季節、小さな商店街では赤や緑の安っぽい電球が飾られている。そんな光景を眺めていると、ユメを連れた弓子が店の前を通りかかり、相変わらずの明るい笑顔で僕に声をかけてきた。

「あら、五郎ちゃん。ゴキゲンいかが？」

「ゴキゲン悪いね、たった今店長に叱られたところだよ」

「まぁ、かわいそうに。でも、どうせサボってたんでしょう？　自業自得ね。それより、あの黒猫どうなった？　誰かお問い合わせあった？」

「黒猫…？」

「ええ、この間ノートに貼られていた片目が不自由な黒猫よぉ」

「ああ、東北の震災で生き別れたっていう、あの猫？　特に、誰からも連絡ないけど」

「そう……、どうにかして飼い主さんと再会できる方法はないかしら……」

また弓子のお節介が始まった……と思いながら、僕は店先に置いてあるノートを手に取り、数日前に貼られたその黒猫のページを改めて読み直した。

『三年前、福島で生き別れた飼い猫を探しています。片目の不自由な黒猫で、名前は「シロ」と言います。被災した動物たちは、全国の保護団体に振り分けられていると聞き、こちらにも書き込ませていただきました。この猫の情報がありましたら、以下までご連絡いただければと思います。　０２４７-××××-××××　施設オペラ』

「シロ」という名の片目が不自由な黒猫……。僕は、他人事《ひとごと》とは思えない気持ちになった。「しろ」と呼ばれていた僕の弟の史郎のことを始め、庭に住み着いていた黒猫、そしてその猫が産んだ子猫たちの中に、片目の不自由な黒猫がいたこと。

封じ込めていた幼い頃の記憶が、みるみるうちによみがえる。母親に捨てられたこと、愛しかった弟との別れ、それ以来深くなった父親との溝……。思い出したくない気持ちとはうらはらに、頭の中は九歳の時の自分でいっぱいとなった。

「変なの、黒猫なのになんで『シロ』なんだろう」

突然背後から聞こえた宏夢の声に驚き、ふと振り返ると、門倉の息子の祥太郎と一緒にサンドイッチを頬張りながらノートをのぞき込んでいた。

「宏夢、驚かすなよ」

「驚かしたつもりはないよ、五郎ちゃんが気づかなかっただけだろ。それより、この猫どうしたの？　片目が不自由って書いてあるけど……」

「さぁ、どんな経緯で目が不自由になったのかわからないけど、飼い主さんはもう三年も探し続けてるみたいだね」

「三年かぁ……そもそも生きてんのかなぁ」

核心をつく発言ではあるが、きっとここにいる誰もが宏夢と同じことを多少は考えているかと思う。

すると、自分で作ったサンドイッチを頬張っていた祥太郎が、「あれ？　このニャンちゃん……」と言って、食べかけのサンドイッチを口の中に放り込み、両手でノートを手にして黒猫の写真をまじまじと見つめ始めた。

「どうした？　祥太郎」

宏夢の問いかけも耳に入らない様子の祥太郎は、口の中に入っているものをゴクンと飲み込み、こう言った。

「このニャンちゃん、母さんの料理教室の生徒さんちにいるニャンちゃんと同じだ」

「……！」

「この写真には写ってないけど、この子、お腹がツキノワグマみたいに白いんだよ」

僕は、どうせよく似た猫だろうと思いつつ、祥太郎に質問した。

「祥太郎君のお母さんの生徒さんは、その黒猫をいつから飼い始めたの?」

「えーっとねー、いつだっけなぁ、確か『じょうとかい』が開かれたのが去年だから、一年前くらいかな」

「じょうとかい?」と宏夢が聞き返すと、弓子が「もしかして『譲渡会』のことかしら」と言った。

譲渡会とは、保護された猫たちの里親を探す会のことで、毎年定期的に開かれているとのこと。去年末にもこの地域で行われたらしく、その際、東北の保護団体から引き渡された猫たちも含まれていたとのことだ。そして弓子は、このような提案をしてきた。

「じゃあ、ここに書いてある電話番号にかけて、この写真の黒猫ちゃんもお腹が白いかどうか確認してみましょうよ。もしこの子も同じように白かったら、祥君の言っている黒猫ちゃんはこの猫ちゃんと一致する可能性が高いかも」

早速、ポケットから携帯電話を取り出した弓子は、ノートに書かれている番号にかけ始めた。

ここが埼玉県にあるパチンコ屋の店先であることを始め、『里親探しノート』に書かれている黒猫の詳細を確認したことなど、事務的な挨拶を交わしたのち、弓子は本題に入った。すると、どうやら探している黒猫のお腹もツキノワグマのように白くなっているらしく、弓子は興奮した状態で祥太郎の知人が飼っている猫のことを伝えた。

電話を切ると、弓子は僕の目をまっすぐに見て「五郎ちゃん……」と言った。こういう時、たいてい何かお願いされることを僕は知っていた。

「嫌だよ」

「まだ何も言ってないじゃない」

「わかるよ、この三年、ほぼ毎日弓子さんの顔見てるんだから、何考えてるかくらいわかるよ」

「じゃあ、話が早いわ。五郎ちゃん、福島へ行ってきて」

「はぁ?」

「黒猫の『シロちゃん』の飼い主さん、福島の介護施設にいらっしゃるんですって」

「介護……施設?」


横で聞いていた宏夢は、「それって老人ホームのこと?」と聞いてきた。

「ええ、飼い主さんは八十歳になるご老人で、身体の調子が良くないみたい……。関東にいるお友達に頼んで、ノートに情報を書いてもらったらしいの。それで、もし本当に祥君の知っている黒猫ちゃんが『シロ』だとしたら、費用は出すから連れて行ってあげてほしいとのことなの」

「え！　費用出してくれんの？」

弓子の申し出に対し、すかさず宏夢が聞き返した。

「そうみたいよ。二十年近く一緒に暮らしてきた猫だから、元気なうちにどうしてももう一度会いたいそうで」

通常、猫の寿命は十数年と聞くが、ずいぶん長生きしている猫なんだなと僕は感じた。車にひかれることもなく、病気をすることもなく、よほど大事に飼われていたのだろう。八十歳になるご老人の願いを叶えたい気持ちはあるが、だからといってわざわざ福島まで連れて行くのはちょっと抵抗がある。もう三年も帰っていない故郷でもあるし、そんな故郷にはいい思い出が一つもない。

あれやこれや頭の中で考えを巡らせていると、宏夢がポロッとこんなことをつぶやいた。

「ってゆーか、五郎ちゃんの故郷って福島じゃなかったっけ？」

その言葉に、弓子は目を輝かせながら「え？　そうなの？」と言った。

僕は、嘘をつくわけにもいかず、「まぁ、そうだけど」と小声で答えた。それより、宏夢が僕の故郷を知っていることに少々驚いた。

「宏夢にそんなこと話したっけ？」

「覚えてないの？　前に飲み屋で言ってたよ」

記憶をたどるものの、なんせ飲んでいた時の話とのことゆえ、これ以上自分の脳を働かせるのをやめた。僕の故郷が福島だと知った弓子は、いつもの明るい笑顔ではなく、僕を気遣うような表情でこう聞いてきた。

「五郎ちゃん、もしかしてあの時の震災の影響でこっちに……？」

「まあ、そのせいでってわけではないけど、全く関係ないわけじゃないかな」

「そう……。ご両親は、今も福島にいらっしゃるの？」

「……母親は、僕が九歳の時に家を出て行っちゃったから、それ以来どこで何してるか知らないし、父親は母親が出て行ってから飲んだくれちゃって、震災の時も酒を飲んでいたから危ない目にあってね。それを機にアルコール依存症の病院に入院してからは一度も会ってないんだ。親しい親戚も特にいなかったし、福島にいる必要もなかったから、三年前、フラッと上京してきたってわけ」

「なんだか……ごめんなさいね。つらいこと思い出させちゃったわね……」

「別にいいよ、事実だし、今まで話す機会がなかっただけだからさ。当時はお金も持たずに上京してきたから、まともにアパートを借りることもできなくて、住み込みのバイトを募集していたこのパチンコ屋に行き着いたってだけの話だよ」


なんとなく空気がしんみりとしたその時、宏夢がこんなことを言った。

「そっか、俺も実は三年前に上京してきたんだ。ちょうど二十歳の時。福島の施設を出てからはあっちこっち色んなところに住んでてさ。なんだかんだ、ここが一番長いかな」

宏夢と僕の故郷が同じだったとは初耳だった。いや、もしかしたら飲み屋で聞いたことがあったかもしれないが、さほど記憶に残っていなかっただけかもしれない。それよりも、弓子が変に気を遣う様子がやりきれず、僕は話を黒猫に戻した。

「とはいえ、祥太郎君の知ってる黒猫が、本当にこのノートの黒猫かどうかまだわからないじゃん。それをまず確認した方がいいんじゃない？」

すると、ベンチに腰かけてノートを熱心に見ていた祥太郎が、出番を待ってましたと言わんばかりに「ぼく、生徒さんのニャンちゃんの写真撮ってくる！」と言って走り去った。

僕らは、ひとまず祥太郎がポラロイドカメラで撮影してきた写真を見てから、先のことを考えようということになり、その場は解散した。

それから数日経ったクリスマスイブの朝、パチンコ店に一本の電話が入った。

「もしもし、こちら福島県郡山市の交番ですが、そちらに五郎さんという方はいらっしゃいますか？」

たまたま受話器を取った僕は、自分の名前が出てきたことに動揺しつつ、「竹内五郎は私ですが」と答えた。すると、受話器の向こう側から「五郎ちゃん！」という声が聞こえてきた。その声は、まさしく祥太郎の声だった。

若い警官から事情を聞くと、祥太郎は黒猫の写真を数枚手に持ち、福島の郡山駅前でウロウロしていたところを通りかかった警官が声をかけたという。その際、「ニャンちゃん」「パチンコ屋の五郎ちゃん」「宏夢」という名前が出てきたことから、どこのパチンコ店か祥太郎から聞き出し、そして事務所に電話がかかってきた……という経緯だった。

祥太郎は、黒猫の写真を撮ったのち、猫の飼い主に写真を送ろうとして弓子から住所を聞いたとのこと。しかし宛名の書き方がわからず、戸惑いながら新越谷駅を歩いていた際、たまたま「福島交通」と書かれた長距離バスが停まっているのを見つけ、乗客に紛れて乗り込んでしまったそうな。運がいいのか悪いのか、そのバスにはキャンセル席があり、そこに座った祥太郎ははるばる福島まで乗車してしまったのだ。

祥太郎の母親は、さぞかし心配していることだろう。僕は一連の説明を受けたのち、一旦電話を切り、どうすべきかを弓子に相談することにした。

僕から連絡を受けた弓子は、まず祥太郎の母親に一報を入れ、すぐさまパチンコ店の事務所に駆けてきた。祥太郎の母親は、あと一歩で捜索願いを出すところだったとのことで、たいそう心配していた……と。しかし、自分の料理教室の生徒さんが飼っている猫が関係していることを伝えると、「祥太郎らしいわ」と言って胸をなでおろしていたとのことだ。

一匹の黒猫によって、こんな大騒動になるとは想像もしていなかったが、とにかく祥太郎をいつまでも交番で待機させておくわけにもいかず、弓子と話し合ったのち、黒猫の飼い主が入居している介護施設に事情を話し、介護福祉士さんに祥太郎を交番まで迎えに行ってもらうこととなった。

飼い主に黒猫の写真を見せてあげたい一心により、見知らぬ土地で一人不安を抱えている祥太郎の姿を想像すると、僕自身いてもたってもいられない気持ちになった。

きっと、弓子も同じ気持ちだろう。しかし、僕らのそんな心配とはうらはらに、交番へ迎えに行ってくれた介護福祉士さんの話によると、祥太郎は多少不安を感じていた様子は見受けられたものの、介護施設に到着すると、入居しているご老人たちと絵を描いたり写真を撮り合ったりしてとても楽しそうに過ごしているとのことだ。

そして、「シロ」という名の黒猫を探している八十歳の飼い主さんに写真を見せると、祥太郎の手にしていた写真の猫に間違いないとのこと。なにより、わざわざ福島まで写真を持ってきてくれた祥太郎に、飼い主であるお婆ちゃんは感動しているという。

また、去年開かれた譲渡会で「シロ」の里親となった方に、本来の飼い主が見つかったことを祥太郎の母親から伝えてもらうと、飼い主さんに返すことを快く承諾してくれた。

と同時に、シロをいったい誰が福島へ連れて行くのか、という問題にブチ当たった。

交通費は、新幹線のチケット代と宿泊費を含め三人分まで出してくれるとのこと。埼玉から郡山までは新幹線で一時間ほどだが、三年ぶりの故郷ゆえ、お言葉に甘えて泊まってしまってもいいのではないかと弓子は言う。しかし、すでに祥太郎は到着済みのため、こちらから向かうのは二人と一匹。

弓子は、僕と宏夢の故郷が福島であるということを聞いたせいか、それとも長旅の疲れを予想したのかはわからないが、「宏夢ちゃんと行ってらっしゃいよ」と言った。

僕は、宏夢に行く気があるか電話してみると、受話器の向こうの宏夢は、すでに遠足へ向かう子どものような声をしていた。

それから一時間後、僕と宏夢は大宮駅で待ち合わせをして、新幹線に乗り込んだ。

関東の飼い主さんと別れ、再び故郷の福島へ帰ることとなった黒猫の「シロ」は、まさに「借りてきた猫」を絵に描いたように、おとなしくしている。

隣り合わせで座っている宏夢に、僕はたわいもないことを話しかけた。

「宏夢はさ、福島に友達とかいるの？」

「友達？　まぁ、同じ施設で育った兄弟みたいな関係のやつは何人かいるよ」

「ふーん。それにしても、まさか宏夢とクリスマスイブを過ごすことになるとはな」

「あぁ、それもそうだね」

改まって横に座ると、会話って案外ないもんだな……と思った。

僕らは、窓の外を見たり、車内販売の弁当を買ったりしながら、大人の遠足感覚で新幹線の移動の時を過ごした。

宏夢の目には、この景色がどう映っているのだろうか。宏夢にとっても、心温まる故郷というわけではないだろう。僕にとっても、もちろんいい思い出があるわけではない。でも、宏夢と一緒に福島へ帰っているこの瞬間は、不思議と少しだけ楽しい気持ちになった。

そうこうしているうち、僕らを乗せた新幹線は郡山駅に到着した。ホームに足を踏み入れると、ひやっとする冷たい風が一気に全身を包んできた。

祥太郎が待つ介護施設へ行くには、ここからバスで一時間ほど揺られなければならない。迎えに来てくれるとも言っていたが、交通費まで出してもらっているゆえ、それは遠慮してバスで向かうことにした。

バス停で宏夢と共にタバコをふかしていると、ジーンズの後ろのポケットにしまっていた宏夢の携帯が鳴った。着信画面を確認した宏夢は、電話に出ることなく電源を切ってこう言った。

「わりぃ、五郎ちゃん。祥太郎のいる介護施設には、五郎ちゃん一人で行ってもらってい い？」

「はぁ？　お前、何言ってんの？」

「昔の仲間に福島帰るって伝えたら、みんな集まっちゃったみたいで……ちょっと顔出したいんだよね」

「マジかよ……。心細いなぁ……」

「祥太郎だって一人で来たんだから、五郎ちゃんだって大丈夫だろ。それに、俺がいたってどうせ猫に触《さわ》れないし、役に立たないからさ」

「でも、二人分の交通費を出してもらってんのに、僕一人で行くのも……」

「うまいこと言っといてよ」

そう言うと宏夢は、「じゃ！」と言ってバス停から走り去ってしまった。

その時僕は、このバス停が二人にとって運命の分かれ道になるとは、想像もしていなかった。

＊

「電話かけてくんなって言っただろ。五郎ちゃんに気づかれたらどうすんだよ」

「悪かったよ、しろ。でも突然こっちに来るなんて言うから、年甲斐もなくつい浮かれてしまって……病院生活は退屈だからな」

「いくら退屈だからって、親父と会うことがバレたら、この三年かけて築いた五郎ちゃんとの信頼関係が台無しになっちまう」

「しろ、お前はすっかり兄貴のことを『五郎ちゃん』って呼ぶようになったんだな」

「親父こそ、俺のことを『しろ』って呼ぶのはもうやめてくれよ。ガキの頃じゃあるまいし。関東ではちゃんと宏夢って呼ばれてるよ」

「仕方ないだろう？　お前の母親の故郷では『ひろ』を『しろ』って発音していたんだから」

「ってゆーか、五郎ちゃんは弟の名前を『史郎』だと思い込んでるぜ」

「史郎？　あぁ、あいつの母親が出て行ってから、今までお前のことには一切触れずに来たからな。周囲が『しろ』と呼んでいたことから、いつの間にか頭の中で『史郎』に切り替わったんだろう」


バス停で親父からの着信を受け、俺は五郎に気づかれないよう親父が入院している病院へ向かった。三年前、震災の被害を受けた時も酒に浸っていたこの男は、危険な目にあったことから強制的にアルコール依存症の病院へ放り込まれたという。俺がこの男と再会したのは、そのすぐあとのことだった。

そう、この男は五郎の父親であり、俺の父親でもある。不倫相手に俺を産ませたあげく、三歳のクリスマスイブの日に突然迎えに来て、自分の家へと連れて帰った。「時々会いに来るお父さん」という存在ではあったが、急に自宅へ連れて行かれた時はわけがわからなかった。そして「今日からお前のお兄ちゃんだ」と言って紹介されたのが六歳年上の五郎だった。

五郎は、当時一緒に暮らした弟が俺だとはもちろん気づいていない。はじめはすぐに弟であることを打ち明けるつもりだったが、なかなかタイミングがつかめず、三年の月日が流れた。いや、タイミングというより、真面目に働いている五郎の姿を前にして、不真面目に生きてきた自分を恥ずかしく感じ、言い出せなかった気持ちもある。

そんな五郎が埼玉で働いていることを教えてくれたのが、ここにいる親父だ。

親父と再会したのは、三年前の冬だった。成人式でハメを外した友達が急性アルコール中毒で病院へ運ばれた際、友達に付き添ってきた俺は、この病院で親父の姿を見かけたのだ。十数年ぶりだったとはいえ、俺はすぐにわかった。風格というか、普通の人と少々違うオーラを放っているというか、ただ、背丈はもっと大きな人かと思っていたが、自分と同じくらいだったことを意外に感じた。

俺は親父のあとをつけ、病室に書かれている名前を確認し、確信した。三歳の時、一緒に暮らしたあの男だ……と。すると向こうも俺の視線に気づき、まっすぐに目を合わした数秒後、「しろ……か？」と聞いてきた。成人となった俺のことがよくわかったなと思いつつ、「あぁ」と答えた。何度か顔を合わすうち、親父は俺の施設に度々様子を見に来ていたということを知った。そのため、すぐに俺だとわかったのだろう。とはいえ、どうして誰も俺を迎えに来てくれなかったのか……など、責め立てたことは一度もない。「来られなかった」にしろ、「来なかった」にしろ、聞いたところで過去が変わるわけでもないし、それより兄貴の五郎はどういう人生を送っているのか、この十数年の間にどんな人間になったのか、俺はそれが知りたかった。

三歳の頃の記憶などほとんどないが、俺は母親と祖母と三人で暮らしていた。とはいえ日中はほとんど誰かに預けられ、夜になると迎えに来るものの、家に帰っても飯も出されず寝かされるだけ。だから、クリスマスイブに親父が迎えに来た時、小さいながらも人生が変わる瞬間を感じた。サンタクロースが来てくれたような、そんな気持ちになった。しかも、俺の「お兄ちゃん」は初めて会った時こんなことを言った。

「君、サンタさんて信じる？」

俺は、信じるとか信じないとかじゃなく、「信じたい気持ち」が心の中でいっぱいになった。コクンとうなずきながら、「でも来てもらったことはないの」と言うと、お兄ちゃんは「じゃあ、今晩は一緒に待とうか」と言ってニコッと笑った。親父の足にしがみついていた俺は、優しいお兄ちゃんの元へと駆け寄った。俺の小さな手をぎゅっと握ってくれたお兄ちゃんの手は、とても温かかったのを覚えている。

十数年ぶりに再会した親父から、その時の「お兄ちゃん」が埼玉にいることを聞き、俺は悩みに悩んで「お兄ちゃん」の近くへ引っ越すことを決めた。もし、嫌なやつになっていたらどうしよう、もしそうだったら唯一の楽しかった思い出が真っ黒に塗り替えられてしまうかもしれない。でも、このまま会わずに後悔するより、会って後悔した方がいい。そう自分に言い聞かせ、俺は埼玉へと旅立った。

そして、なんでも屋に勤めながら、兄がいるパチンコ店に通った。みんなに慕われ、「五郎ちゃん」と呼ばれる兄の姿を見かけた時、俺は泣きそうになった。

俺が大好きだった「お兄ちゃん」は、店先に住み着いているノラ猫にエサをやり、弓子という明るいおばちゃんと会話をはずませ、門倉という町内一の金持ちにも媚《こ》びず、ただ淡々と仕事をしていた。それは本当に淡々としていて、まるで心にぽっかり穴があいているかのようにも見えたが、俺の「お兄ちゃん」は変わってなかった。

それからしばらくして、ただの客と店員だった俺たちの関係が急展開を迎えた。

金に困った俺は、町内一の金持ちと言われる門倉社長のメダルを盗もうとした。その際、俺の行動に気づいた門倉が、雷でも落ちたかのように怒鳴り散らしてきたのだ。

「この泥棒猫が！　人のメダルを盗んで得しようなんて、クズみたいなことしてんじゃねーよ！」

「なんだよ、たった一箱くらい分けてくれたっていいじゃねーかよ、このケチ社長」

自分が理不尽なことを言っているのはよくわかっていたが、それでも俺は金がほしかった。また、その時は門倉の言っている意味がよくわからなかったが、そのあと巻き込まれた猫の置き去り事件によって、俺は金に対する考え方が変わり、そして兄との関係も変わり始めた。一緒に酒を飲んだり、弓子の動物保護活動に付き合わされたり、いわゆる「友人」と言える間柄になったのだ。

しかし、居心地のよさを感じれば感じるほど、嘘をついていることを心苦しく感じ、いつかは俺が弟であることを打ち明けなければ……という思いに押しつぶされそうにもなった。

そんなある日、弓子が管理している『里親探しノート』に、福島にかかわる猫が掲載されていた。片目が不自由な黒猫を探している人がいる……と。もし見つけることができたら、五郎と共に福島へ行くきっかけができるかもしれない。そうなったら、おそらく五郎は親父の病院へ行くだろう。そこに俺も付き添えば、三人が顔を合わす「きっかけ」ができる。俺が弟であることを打ち明ける機会が作れるかもしれない。今までの嘘に終止符を打つことができるかも……。

そのようなことを想像していた矢先、門倉の息子の祥太郎が偶然その黒猫のことを知っていると言った。俺は、生まれて初めて奇跡というものを感じた。いや、これは偶然でも奇跡でもなく、来るべき「時」が来たのかもしれない。人生というシナリオの中に、はじめから書き込まれていた瞬間に過ぎないのかもしれない。

ともあれ、祥太郎が先走って福島へ行ってしまったことは予想外だったが、そのお陰で俺と五郎は二人そろって福島へ行けることとなった。

早速、福島の病院に入院している親父に連絡すると、久々に再会できることを非常に喜んでいた。俺とは度々電話で話していたものの、五郎とはこの数年間一度も連絡を取り合っていないという。まずは俺一人で親父に会って、どうやって俺たちの関係を打ち明けるかを相談することとなった。

そして、福島へ向かう新幹線の中で、俺は腹をくくった。俺が弟だという事実を打ち明けたことにより、信頼関係が崩れて五郎の心が離れてしまったとしても、会わないで後悔するより会って後悔した方がいい……と自分に言い聞かせて近くへ越してきた気持ちを思い出し、友情にピリオドを打つ覚悟を決めた。

「お兄ちゃん」と初めて会ったあの日と同じクリスマスイブに、俺はすべてを打ち明けるんだ……と。

隣の席に座っている五郎は、気を遣って色々話しかけてきてくれたが、俺の頭の中はそのことでいっぱいだった。帰りの新幹線では、友人としてではなく、兄弟として横に座れますように……。ただただ、そう願った。

＊

宏夢と別行動となり、黒猫の「シロ」と共に一時間ほどバスに揺られた。ようやくたどり着いたところは、いわゆる警戒区域と言われるところのすぐ近くだった。建物はあるものの人は少なく、辺り一帯がガランとしている。

バスの中に置いてあった地域新聞の情報によると、これから行く「オペラ」という名の介護施設にはかなり大勢のご老人が入居していたそうだが、職員の人数不足や利便性の問題により、みんなバラバラになってしまったという。

そんな中、関東の施設へ移住した仲間たちの協力によって、お婆ちゃんと黒猫の再会が叶うこととなったのだろう。

介護施設の扉を開くと、入ってすぐのところにある広いフロアで祥太郎がご老人たちと話し込んでいた。首からさげているポラロイドカメラで、様々な写真を撮ったのだろう。テーブルの上に並べ、和気あいあいと語りながら楽しそうにしている。

僕の姿に気がついた祥太郎は、「五郎ちゃんとニャンちゃんだ！」と言って駆け寄ってきた。そして、黒猫の「シロ」が入っているケージをヒョイッと持ち、「今、お婆ちゃんに会わせてあげるからね」と言ってそっと運んだ。

長旅に少し疲れた僕は、水でも一杯飲みたい気持ちではあったが、お婆ちゃんと黒猫の再会の瞬間をひと目見たいと思い、休憩することなく祥太郎のあとを追った。

祥太郎は、『紀子さんのお部屋』と書かれた扉をノックし、「お婆ちゃん！　ニャンちゃん来たよ！」と大きな声で言った。数十秒ほど待つと、ゆっくりと部屋の扉が開き、中から背中の丸まった白髪の老婆が出てきた。紀子さんという名の白髪の彼女は、祥太郎が手にしているケージをのぞき込むと、声を震わせながら「シ…ロ…？」と言った。そして僕の顔を見上げ、おがむようにこう言った。

「あなたが、埼玉からわざわざシロを連れてきてくださったんですか？」

「え、ええ。あ、もう一人一緒に来たんですけど、ちょっと急用ができたとのことで、郡山の駅からは僕一人なんです」

「そうでしたか、それはそれはありがとうございます。さ、中へお入りになって」

簡単な挨拶を交わしているうち、周囲に人がざわざわと集まってきて、「紀子さん、よかったね」「シロちゃんのお顔を見せて」「早く抱っこしてあげて」と、様々な声が飛び交った。ここへ入居するまでの間、片時も離れず一緒に暮らしていた愛猫と、やっと再会できた喜びをみんなで共有しているのだ。ここにいる人たちは、まるで家族のように紀子さんとシロの再会を祝福している。また、この施設は動物との共存が許可されているため、飼い主に〝もしも〟のことがあっても、周囲がフォローしてくれるシステムになっているという。

僕は、紀子さんの入れてくれたお茶を一口すすり、ケージからシロを出してあげた。シロは辺りを見回したのち、紀子さんの顔をじっと見つめ、のそのそとヒザに乗った。紀子さんは、しわしわのまぶたをパチパチさせ、瞳に溜まっていた涙を思いっきり流しながら「シロ……ごめんね。あの時、一緒に連れてってあげられなくてごめんね……。寂しかったろう？　心細かったろう？　会いたかったよ……、シロ…会いたかった……」と何度も何度もシロの頭をなでていた。シロは気持ちよさそうに目をつむり、紀子さんのヒザの上でゴロゴロ喉を鳴らし始めた。

言葉なんて通じなくたって、わかり合える瞬間がある――。

たんぽぽの綿毛のようにフワフワと生きてきた僕が、八十歳の紀子さんと二十歳のシロが再会したこの感動的な瞬間に立ち会うことができ、人生も捨てたもんじゃないと心から思えた。

そして、僕の中の「何か」が突き動かされた気がした。

震災以来、ずっと入院している父親の見舞いに一度も行っていない自分を、ほんの少し恥ずかしく思うと共に、母と弟が出て行ったことを父親のせいだと決めつけ、心のどこかで父を恨んでいた気持ちと改めて向き合った。

僕が恨んでいるのは、本当に父親なのだろうか。もしかすると、母の行方を探そうともせず、ただ「捨てられた」とひねくれて成り行きまかせに人生を歩んできた自分を恨んでいるのではないだろうか。

心にぽっかりあいた穴を埋めようともせず、進学も仕事もちゃんと「選択」せず、ただなんとなく生きてきた自分自身に腹を立てているのではないだろうか。

そんなことを考えていると、紀子さんの隣の部屋のサヨお婆ちゃんが、「私にも抱っこさせて」と言って部屋に入ってきた。

サヨお婆ちゃんも紀子さんと同様、震災の時に飼っていた愛犬と生き別れ、長い間探し続けてきたとのことだ。どこかで生きていることを信じていたものの、倒壊した家の廃材を処理し始めた際、家の下敷きになっていた姿が見つかった……と。サヨお婆ちゃんは、ヒザに乗せたシロを優しくなでながら話してくれた。そしてシロにこう語りかけた。

「シロちゃん、紀子さんに会えてよかったね。生きているうちに紀子さんのぬくもりを感じることができて、本当によかったね」

変わり果てた姿の愛犬を思い出してしまったのか、サヨお婆ちゃんは目に涙を浮かべながら僕らにこんなことも語った。

「今生きていることは、奇跡なのよ」

「奇跡？」

僕は、思わず聞き返した。するとサヨお婆ちゃんは、ゆっくりとうなずき、話を続けた。

「そう。会いたい人に会えるって、みんな『当たり前』だと思っているかもしれないけど、今こうやって私たちが生きていることや、大切な人やペットに再会できていることは、決して当たり前ではないの。死んでしまったら二度と会えないという現実を、東北に住む私たちは嫌っていうほど体験してきたのよ。だから、今こうやって生きていること自体が『奇跡』なんじゃないかなって……。会いたい人に会えることも、再会したいペットに会えることも、みんな『奇跡』なんだと思うの」

するとと、サヨお婆ちゃんと一緒にシロをなでている紀子さんもこんなことを語った。

「そうね、きっと私とシロは、奇跡の赤い糸に引き寄せられたのね。生きててよかった……。今日のこの日のために、生きててよかった……」

生きててよかった——。その言葉を、僕は頭の中で何度も繰り返した。

二十九年間生きてきた中で、「生きててよかった」と思う瞬間はあっただろうか。お婆ちゃんたちの半分も生きていないとはいえ、人生に感謝するような気持ちを抱いたことが一度でもあっただろうか。

いや、人生に限らず、人と人とのつながりに感謝したり、出会いの大切さを考えたり、そんな「当たり前」という名の奇跡を意識したことは一度もなかった。

紀子さんとシロが再会の奇跡を果たせたのは、関東の介護施設へ移った仲間たちが、紀子さんの「シロへの想い」を大切にしてくれたからこそだ。

僕も、そんな風に誰かの想いを大切にすることができるのだろうか。

優しかった母と、かけがえのない弟との再会の奇跡は起こせるだろうか。

サヨお婆ちゃんのヒザで喉を鳴らしていたシロは、今度は祥太郎のヒザへと移動した。

すると祥太郎は、紀子さんにこんな質問をした。

「ねぇねぇ、お婆ちゃん。このニャンちゃんは黒猫なのにどうして『シロ』って名前なの？」

きっと、ここに宏夢がいたら祥太郎と同じ質問をしただろう。そんなことを考えていると、シロの飼い主の紀子さんは、とても興味深い回答をした。

「『シロ』って名前はね、私がつけたんじゃないのよ」

「え？　そうなの？」

祥太郎は、無邪気に返した。すると紀子さんは、名前の経緯について真相を語り始めた。

「シロはね、有名な陶芸家の庭で生まれた猫だったんだけど、そこの奥さんがどうしても面倒を見ることができなくなったとのことで、うちに連れてきたの。夫が生きていた頃は動物病院をやっていたので、うちなら引き取ってくれると思ったのかもね。母猫と合わせて全部で五匹いたんだけど、近所の人たちで手分けして育てることになってね、生まれつき片目が不自由だったこの子はうちで面倒を見ることになったのよ。ほら、うちは動物病院だから、この子の目の治療をしてあげられると思って」

そこまで聞いたところで、僕は胸の中がザワザワするのを感じた。

陶芸家の庭で生まれた猫？　母猫と合わせて五匹いた？　僕が生まれ育った家の庭に住み着いていた黒猫たちの数と同じだ……。母猫は五匹産んだものの、一匹は池で溺れ死んでしまったため、四匹となった子猫と母猫を合わせて計五匹……。

僕は、駆け回ったあの庭の風景が頭の中に広がったが、何をどう質問していいかわからず、そのまま紀子さんの話を聞いた。

「それからしばらくして、ある女性がうちの動物病院で働くことになったんだけど、その女性にはつらい過去があってね……」

「それで?」と心の中であいづちを打ちつつ、僕は紀子さんの話に引き込まれた。

「彼女には小さい息子さんがいたものの、自分の母親の介護や経済的な問題で育てられなくなってしまい、里子に出した……と」

「サトゴ?」

首をかしげながら、祥太郎が紀子さんに質問した。

「そう。祥太郎君の知り合いがシロを育ててくれていたみたいに、よその家庭に子どもを育ててもらうことよ。彼女は、もらわれてきたうちの黒猫と、里子に出した息子さんを重ね合わせ、自然と息子さんの名前で呼びかけるようになったの」

「じゃあ、息子さんの名前が『しろ』だったの？」


祥太郎の質問に、紀子さんは「そうよ」と優しく答えた。

納得した様子の祥太郎とはうらはらに、僕の鼓動は徐々に高まり始めた。

間違いない……その陶芸家は僕の父親だ。そして紀子さんちの動物病院で働いていた人は、史郎の母親だ。家の近くに動物病院があったのは覚えているが、僕が小学校を卒業する頃にはもう看板がなかったので、入ったことは一度もない。

それにしても、史郎の母親がそんな近くで働いていたとは……。それに、史郎の母親と父親はいったいどんな関係だったのだろうか。

すると、祥太郎がこんなことを言った。


「でもさ、その人の息子さん、『しろ』だなんて犬みたいな名前だね」

「あはは、本当ね。でも、『しろ』は本名じゃないのよ」

「ほんみょう？　本当の名前は違うってこと？」

「そう、本当の名前は……えーっと、何て言ったかしら……」

僕は、心の中で確信している名前を声に出してつぶやいた。

「その子の本名は、『史郎』ですよね？」

紀子さんは、キョトンとした顔で僕を見つめ、こう言った。

「史郎……？　いや、違うよ」

「……！」

「『しろ』っていうのは方言よ。その女性……あ、さゆりさんというんだけど、さゆりさんの故郷は『ひろ』を『しろ』と発音する特徴があってね、だから本名は『ひろし』って言ったかしら……いや、『ひろみ』だったかな……そういえば、名前に「夢」という字がついたような……そうそう、思い出した、『宏夢』よ。ええ、間違いない、宏夢って名前だったわ」

一瞬、時間が止まったかのように感じた。そして自分が今どこで何をしているのかがわからなくなった。

思い返せば、「史郎」という名前は誰かに教えてもらったわけではなく、自分の頭の中で勝手に「しろ＝史郎」と変換されていただけかもしれない。僕の名前に「郎」がつくため、きっと弟にも同じ字がつくだろう……と。

高校を卒業する頃、役所で戸籍を調べたこともあった。しかし、そこに弟の名は載っておらず、そのことについて父親も語らなかったため、今の今まで僕は「しろ」の本当の名前を知らずにいたのだ。

茫然としている僕の横で、猫をなでている祥太郎が「ひろむって……宏夢ちゃんのこと?」と聞いてきた。すると紀子さんは、「さゆりさんの息子さんを、知っているの?」と聞き返した。祥太郎は、うつむいている僕の顔をのぞき込み、「知ってるよね? 五郎ちゃん」と確認してきた。そのやりとりを見ていた紀子さんは、僕の方を見てこう言った。

「五郎……ちゃん？　あなた、もしかして陶芸家の竹内さんの……息子さん？」

僕は、黙ってうなずいた。

「そうかい、そうだったのかい、何のご縁かねぇ、五郎君のお母さんから預かった猫を、今度は五郎君の手で運んできてもらうなんて……。きっと、天にいるお母さんが引き合わせてくれたのかもね」

「天にいる……お母さん？」

「ええ、まだ若かったのにねぇ。五郎君も早くにお母さんを亡くして、さぞかし寂しかったろう？　しかも、あんな亡くなり方をして……大変だったねぇ」

紀子さんの言っている意味が、僕には全く理解できなかった。

母は弟を連れて出て行ったが、その後の消息は聞かされていない。きっと、どこかで二人仲良く暮らしているのだろうと思っていたが、母は死んでいるということなのか？　あんな亡くなり方とはいったい……？

＊

「なぁ、しろ。お前の母親のことだけど……」

病院の中庭にあるベンチに腰かけ、缶コーヒーを一口飲むと同時に、横に座っている親父が真剣な顔で話し始めた。

「どうやら一旦は故郷に戻ったそうだが、今は福島にいるらしいんだ」

「俺を捨てた母親のことなんか、もう調べなくていいよ」

「前にも言ったが、さゆりはお前を捨てたわけじゃない。あの時はどうしても育てることができなかったんだよ。金銭的にも精神的にも余裕がなくて、いつかまた一緒に住めることを願いながら俺に預けたんだ」

「五郎ちゃんの母ちゃんにとってみたら、いい迷惑だよな。ある日突然愛人の子を育てさせられることになって……さ」

「五郎の母親には、悪いことをしたと思ってるよ……きっと、あの世で俺を憎んでるだろうな」

「あの世……？」

「ああ、あいつの母親は、とっくの昔に死んでるんだ」

「……!?」

「もともと心身が弱くて入退院を繰り返していたんだが、好き勝手な生活を続けていた俺のせいで、とうとう心が折れてしまってね……。それと……池で子猫が死んだ時、五郎の母親に頬を叩かれたのを覚えてるか？」

「え？　俺が五郎ちゃんの母親に？　俺の母親じゃなくて？」

「お前の母親は、手をあげるような人ではなかったよ。もちろん五郎の母親も普段は優しい人だった。でも、池に落ちた五郎を目の前にして、ついお前を責めるように手をあげてしまったんだ。叩いてしまったその瞬間、彼女は自分自身に限界を感じたのだろう。五郎のこともお前のことも育てる自信を失い、お前を施設に預け、そしてその直後……高速道路の歩道橋から身を投げたんだ。最低の人間は俺なのに……」

俺は、今の今まで自分の母親に虐待を受けていたと思い込んでいた。しかし、実際はたったの一度だけ、それも自分の母親ではなく五郎の母親に頬を叩かれたのだ。

それよりも、五郎自身は自分の母親が死んでいることを知っているのだろうか。

「そのこと、五郎ちゃんは……」

「いや、五郎は、母親と弟はどこかで幸せに暮らしていると思ってるよ。俺は、自分が責められるのが怖くて本当のことが言えなかった。本当にずるい父親だよ……」

親父は、長年心にしまっていた真実を、声を詰まらせながら語った。

この人はたぶん、ずるいんじゃなくて弱い人なんだ。現実と向き合う勇気が持てず、自信も失い、酒に逃げていたんだ。だからといって、この人が犯してきた罪は簡単に許せることではないと思うけど、それでもこの真実を五郎に知らせてやるべきだと俺は思った。

そうじゃなければ、いつまで経っても俺と同じように「母親に捨てられた」と五郎は思い続けてしまう。それがいかに心の穴を大きくする悲しみか、俺は知っている。かけがえのない「お兄ちゃん」には、これ以上そんな思いをしてほしくない。

「しろ、お前の母親……さゆりは、十年ほど前に介護福祉士の資格を取り、今は田村市内の施設で働いているらしいんだ。結婚もせず、ずっと独り身でいるそうで……。昔うちに通っていた助手の一人が教えてくれたんだ。なぁ、一度会ってみないか？」

「は？　今さらどんな顔で会えばいいの？　お久しぶりです、あなたの息子ですってか？」

いや、待てよ。田村市内と言えば……五郎が黒猫を届けに行っている施設があるところじゃ……。

そんな偶然はないとは思うが、俺の実の母親とバッタリ会って、仮に俺の話が出たら、五郎ちゃんは父親にも俺にもだまされていたと思ってしまうのではないだろうか。


「なぁ、親父、その施設の名前って……？」

「確か、『介護ホーム　オペラ』と言ったような……」


それはまさに、五郎が黒猫を届けに行っている施設の名前だ。

実の母親に会いたいとか会いたくないとか、選択している余地は今の俺にはないのかもしれない。今行かなければ、五郎との信頼関係を崩すことになってしまうかも……。それだけは、絶対に避けたい。

俺は、この三年間だましてきたことを始め、すべての真実をちゃんと五郎に話そうと思い、親父の病院を出て『オペラ』という名の施設へ向かった。

＊

黒猫の飼い主である紀子さんは、大人になった僕に包み隠さず真実を教えてくれた。

僕の母親は、もうこの世にはいないということ。そして、自ら命を絶ったということ。弟を選んで連れて行ったと思い込んでいた過去の記憶は、すべて塗り替えられた。なにより、父が愛人に産ませた弟の「しろ」が、まさか宏夢だったとは……。あの広い庭で一緒に駆け回った弟が宏夢だったなんて……。なんだか複雑な感情が心の中を渦巻いている。子猫が池で溺れ死んだ時、母親に思いっきり頬を引っぱたかれたのも宏夢……。母親から笑顔を奪ったのも宏夢……。様々な思い出が、走馬灯のように駆け巡った。

そもそも、宏夢がこの真実を知ったらいったいどう思うだろう。さっきまで友達として過ごしていた僕が、実の兄だと知ったら……。この先どうやって付き合っていけばいいのだろう。友情に終止符を打ったその先に、どんな関係があるというのだろう。

話に飽きた祥太郎は、紀子さんの部屋を出て再びロビーへと向かった。

それはそうと、宏夢の実の母親は今どこで何をしているんだ？　僕は素朴な質問を紀子さんに投げかけた。

「紀子さん、宏夢の実の母親は、その後どこへ行ったんですか？」

「さゆりさんかい？　彼女は義理がたい人でね。一番困っていた時に助けてくれたから
……と、私が夫を亡くして動物病院を閉鎖したあとも、身の回りのことをやってくれる家政婦さんとして引き続き通ってくれたの。そして十年ほど前に介護福祉士の資格を取り、今でもずっと私のそばにいてくれているのよ」

「……ということは？」

「さゆりさんは、この施設で働いているの」

そう言うと、紀子さんは自分の部屋の扉を開き、廊下を指さしてこう言った。

「ほら、あのピンクのエプロンをつけている人が、さゆりさんよ」

僕が廊下に顔を出すと、大きな洗濯かごを両手に持った『さゆり』と目が合った。
五十歳前後と思われる宏夢の母親のさゆりは、色の白さも骨格も、そして切れ長の目も宏夢にそっくりだ。目が合った僕に微笑みかけてくれると、切れ長の目は三日月のようにカーブを描き、優しい声で「こんにちは」と挨拶してくれた。

(この人が、陶芸家だった親父の助手であり、愛人だった人なのか……)

母親を死に追い詰めた……とまでは言わないが、少なからずうちの家庭を苦しめたことに変わりはない。しかし、僕だってもうすぐ三十となる大人だ。今さら彼女を責めるつもりはないが、もしも今ここに宏夢がいたとしたら……。いくら陽気な宏夢でも、パニック状態となったに違いない。そう考えると、あのバス停で別行動を取ったことは正解だったと思えた。
そう思った直後、僕の携帯に宏夢から電話がかかってきた。

（どうしよう……こんな複雑な気持ちのまま普通に話せるだろうか）

ひとまず、このまま取らないのも不自然だし、僕は通話ボタンを押した。

「もしもし」

「あ、五郎ちゃん？　ねぇ、今どこ？」

「まだ介護施設にいるけど……」

「そっか、よかった。俺、今ちょうど施設の玄関に着いたとこ。ちょっと外に出てきてもらっていいかなぁ」

そう言うと、宏夢は電話を切ってしまった。どことなくいつもより声のトーンが低いような気もしたが、それは僕の思い違いかもしれない。それにしても、地元の友達と会うと言っていたのに、なぜここへ……？　頭の中がハテナでいっぱいのまま僕は施設の外へと向かった。

外へ出ると、古いベンチに腰かけてタバコをふかしている宏夢の姿があった。

「五郎ちゃん、おつかれ」

「お、おう」

どうしても、今までと同じように宏夢を見ることができない。目の前のこいつが僕の弟なんだ……という感情と、どうやって真実を伝えよう……という現実的な感情が、入り交じっている。

すると宏夢はタバコを灰皿に押し付けて消し、ゆっくりと深呼吸をしてこう言った。

「五郎ちゃん、ごめん。俺、五郎ちゃんに嘘ついてたんだ」

「嘘？」

「あぁ、俺、実は……」

宏夢がそこまで言いかけたところで、施設の中から宏夢の母親のさゆりが出てきた。

「あのぉ、これからみんなでお茶にするんですけど、よかったらご一緒にいかがですか？　お二人とも長旅でお疲れでしょう？」

僕は、とっさに「ありがとうございます。すぐ行きますんで」と答え、宏夢の方を見た。するとと宏夢は、何かを感じ取ったのか、さゆりの後ろ姿を目で追い続けている。

「五郎ちゃん、あの人、たぶん俺の母親かも」

「え？　お前……知ってたの？」

「知ってたの？って、五郎ちゃんも……知ってたの？」

僕らは、互いの情報を交換すると共に、すべての真実を語り尽くした。

ベンチの横の灰皿は、僕らが吸ったタバコの吸い殻でいっぱいになっている。

一匹の黒猫が、いつかは向き合わなければならない真実の道へと導いてくれたのかもしれない。

宏夢は、タバコの箱に入っている最後の一本を取り出すと、僕に背を向けたままこんなことを言った。

「五郎ちゃん、俺……生まれてきてよかったのかなぁ」

僕は、とっさに何て答えていいかわからなかった。

＊

二十数年前、私は愛してはいけない人を愛してしまった。

竹内昌宏という陶芸家の弟子を目指し、東京の下町から福島のご自宅まで押しかけていったのだが、その時はもちろん純粋に陶芸を学びたい一心だった。

幸いにも、身の回りのことを手伝っていた助手が一人辞めた直後とのことで、私はすぐにお世話係を務めさせてもらうこととなった。

竹内先生には、草花を愛する美しい奥様と五郎君という小学生の息子さんがいらっしゃって、私は五郎君に本を読み聞かせたり、たまに宿題を見てあげたりしながら、先生の元で陶芸の勉強を重ねた。しかし、そのような日々を過ごしていくうち、私は師弟関係以上の感情を先生に抱くようになってしまったのだ。

もちろん、気持ちを伝える気などなかった。そんなことをしたら助手でいられなくなってしまうし、なにより妻子ある方にそんな感情を抱いてはいけないと、自分に言い聞かせていたから。でも、心にフタをすることはできなかった。いくら厳重にフタをしても、中の感情が溢れ出てきてしまう。

そして、先生への気持ちが日に日に募る自分を抑えられず、住み込みをやめて近くにアパートを借りることにした。

それからすぐのことだった。私は風邪をこじらせ、先生のお宅にしばらく通えない日々が続いたのだが、ある日、地元の新聞社から先生にコラムを書いてほしいという依頼が入り、そのことで私に相談したいと先生より連絡をもらった。

東京の下町でフリーペーパーの記者をしていた私に、書き上がったコラムを読んでみてほしいとのことだった。フリーペーパーの仕事をしている頃、たまたま取材に行った陶芸の展示会で竹内先生の作品に出会い、私は惹き込まれた。それからは独学で陶芸を学び、そして一大決心をして先生のいる福島へと旅立ったのだ。

コラムを読んでみてほしいという先生からの連絡を受け、私は熱が上がるのではないかと思うほど動揺したものの、急いで私服に着替えて六畳一間の狭いアパートに先生を招き入れた。

それからも度々書いた原稿をチェックさせてもらううち、私たちは常識という線路から脱線した関係へと走り始めた。

奥様や五郎君の顔を見ることに負い目を感じた私は、先生の助手を辞め、ただひたすら六畳一間のアパートで先生を待つ生活を続けた。

そんな暮らしを三ヶ月ほど続けたある時、東京で一人暮らししている私の母が倒れたという連絡が入った。母の病状は深刻で、すぐに手術が必要とのこと。

私は、すぐさま支度をして東京へと向かった。

母は、どうにか無事に手術を終えたものの四肢に後遺症を抱えてしまい、介護が必要だと医師から聞かされ、福島へは帰れないことを覚悟せざるを得なかった。それと同時に、きっと常識の線路を脱線した私に、神様が罰を与えたんだ……と思った。

先生を待ち続けるだけのアパートを引き払った私は、母の介護にすべての時間を注いだ。そして先生との関係は、どちらが切り出すわけでもなく自然と終えた。

介護の甲斐あって母の体調に回復の兆しが見えてきた頃、私のお腹に新たな命が宿っていることが判明したのだ。

もしや……と思って診察してもらった病院で「おめでとうございます。妊娠三ヶ月に入ったところですよ」と言われた時、「どうしよう」という感情を飛び越え、嬉しい気持ちが先に立った。もう二度と会えないと思っていた愛しい先生の息吹を、この子を通じて感じることができる……と。

翌年の秋、私は元気な男の子を出産した。当時、出産に反対していた母も、赤ん坊の顔を見るたび笑顔を見せている。

そして、先生の名前から一文字もらい、「宏夢」と名づけた。宏夢は、つらいリハビリを続ける母と、そのサポートに疲れる私の希望の光となってくれた。

それから二年の月日が流れ、すっかり回復した母に宏夢の面倒を見てもらい、私はパートへ出る日々を過ごしていた。

下町育ちの母は、宏夢のことを「しろむ」と呼んでいたため、周囲も「しろ君」とか「しろ」とか、いつしかそのような呼び名が定着した。

しかし、そんな平穏な幸せはいつまでも続かなかった。

宏夢が三歳となった冬、七十歳を迎えた母が認知症と診断された。少し前から様子がおかしいとは感じていたものの、ここしばらくでその症状は一気に悪化し、誰が見ても「ちょっと変だな」と感じられるほどになってしまった。

幼い頃に父を亡くした私は、福島へ行くまでずっと母と二人で暮らしてきたのだが、母はいつも私の夢を応援してくれ、習いごとにしても塾にしても、やりたいことを精一杯やらせてくれた。だから、私はできる限り恩返しをしたいと思い、再び母の介護をする生活を送った。とはいえ、現実はそう簡単にはいかず、診療費や入院費などで借金はふくらみ、経済的にも肉体的にも子どもを育てることが難しい状況を迎えた。

私は、恥を忍んで竹内先生に手紙を書いた。宏夢を出産したこと、そして母の介護に追われていること、さらに、借金がふくらんでしまったこと……。

先生は、できる限りの援助をしたいと言ってくれ、時々東京へ訪れてくれると共に、宏夢の遊び相手をしてくれた。

人生を後戻りしているような感覚にとらわれたが、今の私は先生にすがるしか生きていく方法が見つからない。この道しかない……そう自分に言い聞かせながら、とにかく毎日をがむしゃらに生きた。

そしてその冬、先生の方から宏夢を引き取りたいという申し出があった。

実際問題、このまま母の介護と宏夢の育児を同時進行することは難しい。母を施設に入れるなどという金銭的な余裕はないし、かといって宏夢を養護施設に預けることも正しい選択なのかわからない。私は、悩みに悩んだ末、先生の家に宏夢を預けることを決めた。

ご家族が承知してくださっているのかと聞くと、先生は「大丈夫だ」としか答えなかったけど、宏夢の幸せを考えれば、大きいおうちでのびのび育ててもらえる方がいいに決まっている。私の元にいても、かまってあげられる時間はほとんどなく、本を読んであげることもできていない。

なにより、竹内家に行けば血のつながった実のお兄ちゃんもいる。五郎君は優しいから、きっと宏夢をかわいがってくれるに違いない。都合のいい考えかもしれないけど、その頃の私はそう願うしかなかった。

私は、宏夢を竹内先生に預けることを決めた。いつか再び私が育てることを前提とし、養子という形ではなく一時的に預けるということで話はまとまった。

そして、宏夢が三歳のクリスマスイブ、先生が宏夢を迎えに来てくれた。

私は、最後に思いっきり宏夢のことを抱きしめた。このぬくもりを、宏夢が絶対に忘れませんように……と祈りながら、私はぎゅっと抱きしめた。

それから半年が過ぎ、宏夢の顔をひと目でも見たい気持ちは募り、私は一日だけ母を介護施設に預かってもらうことにした。

当日、介護福祉士さんに母を預けた私は、ほんの少しずつ貯めたお金で夜行バスのチケットを購入し、宏夢が暮らす竹内先生の家へ向かった。

朝方、そっとお庭をのぞくと、広い池の近くで黒い子猫をかわいがる宏夢の姿が目に映った。

「しろ……」

私は、涙が溢れた。そして抱きしめたい気持ちでいっぱいになった。しかし、勝手な都合で突然顔を見せたりしたら、宏夢は戸惑ってしまうだろう。心の中で「見るだけ、ひと目見るだけ」と言い聞かせ、再び東京へと戻った。

それから一年後、母は急性脳卒中で他界した。あっけなくこの世を去ってしまったのだ。一人取り残された私は、その後の人生のことを考えた。今まで「その日をいかに生きるか」ということしか考えられなかった暮らしだったため、いきなり一人ぼっちとなり、すぐには先のことなど考えられなかった。

しばらくは、心にぽっかり穴があいたまま、ただなんとなく働いた。そのような暮らしの中で、宏夢を思う気持ちばかりがふくらんでいった。
裕福な生活を送ることはできないけど、今なら宏夢を引き取ることができるかもしれない――。

母の納骨を無事に済ませたのち、私は意を決し竹内先生に電話をかけた。すると、電話先から聞こえてきた声は、「この番号は現在使われておりません」という電子的なアナウンスだった。

（きっと、宏夢と共に新たな環境で家族仲良く暮らしているのかも……）

竹内先生からの連絡は、ここ数ヶ月途絶えていたものの、知らせがないのは無事な証拠だろう……と勝手に思っていた。この現実は、自分に都合がいいように考えていたことへの罰かもしれない。
いや、そもそも、いつか宏夢と一緒に住めると思っていたことは、私にとって希望の光だったけど、もしかしたらそれすら私の身勝手な願いだったのかも……。

母にも先立たれ、息子の行方もわからなくなった私は、世界中で一人ぼっちになってしまった気持ちになった。

このまま東京で一人暮らしすることは孤独すぎる……。せめて宏夢の息吹を感じる福島で暮らそうと、私は決心した。

福島への引っ越しが済み、新しい仕事を探すついでに、そっと竹内先生の家の前を通った。すると、なんと家は売り出されていて、人が住んでいる気配は全くなかった。置いてきぼりにされたような感覚を抱きつつ、フラフラ歩いていると、小さな動物病院のドアに「パートさん募集」という張り紙が貼ってあるのを見つけた。

玄関先では、片目が不自由な黒猫が器用に毛づくろいをしている。私は、宏夢が竹内先生の庭で子猫をかわいがっていたことを思い出した。なんとなく吸い寄せられるように動物病院へ入り、仕事を探していることを伝えた。母の介護をしていたことにより、世話をすることは慣れているということ、以前福島で暮らしていたこと、そして息子といつか一緒に暮らすためにお金が必要であることを伝えると、動物病院の奥様は「うちで良ければ働いてみる?」と言ってくださった。

それから私は、生まれ変わった気持ちで仕事に取り組んだ。

ある日、この病院で飼っている黒猫の話となり、ここへ来た経緯を聞いて驚いた。

「この子はね、有名な陶芸家の庭で生まれた猫だったんだけど、そこの奥さんがどうしても面倒を見ることができなくなったとのことで、うちに連れてきたの」

陶芸家の庭……？　私は、先生の家のお庭で子猫をかわいがっていた宏夢の姿を思い出した。

この黒猫は、竹内先生の奥様が連れてきた猫だ……。ということは、私が様子を見に行った日、宏夢がかわいがっていたあの時の猫なのだ。

「しろ……」

私は、片目が不自由な黒猫を抱き上げ、そっと抱きしめた。この子を通じ、宏夢の体温を感じ取るかのように抱きしめた。
その様子を見ていた動物病院の奥様の紀子さんは、私の背中をそっとなで、私の心の奥にしまってあった事情をすべて聞いてくれた。常識という名の線路から脱線した恋のことから始まり、背負ってきた苦労の数々……。すると紀子さんは、竹内家が売り出された経緯を教えてくれた。竹内先生の奥様が自殺なさったことによって、先生は仕事をせず酒に溺れるようになり、家を売らざるを得なくなった……と。私は、自分を責めずにはいられなかった。きっと、竹内先生の奥様は宏夢を引き取ったことで想像もつかない気苦労を背負われたに違いない。

私は、生きていていいのだろうか――。

黒猫を抱きながら泣き崩れる私の背中を、紀子さんは優しくさすり続けてくれた。
そして、そんな過去も含めて私の人生をまるごと受け入れてくれた。
黒猫は「くろちゃん」とか「にゃーちゃん」とか特定の呼び名がなかったことから、

「シロ」と名づけさせてもらい、片目の治療をしながら大事に大事に育てた。

それから数年が経ち、動物病院の院長を務めていた紀子さんの旦那さんが亡くなった。ご夫婦共に私のことを実の娘のようにかわいがってくれたため、今度は私が紀子さんを守る番だ……と思った。旦那さんを亡くし、一人ぼっちとなってしまった紀子さんと一緒に暮らすことを決めた。悲しみの底から救ってくれた紀子さんに、親孝行するつもりで支えよう……と。

福島に越して十年が経つ頃、私は母の介護をした時の経験を生かし、介護福祉士の資格を取った。そのすぐあとのことだった。私たちの住む東北は、大地震によって数多くの家が倒壊した。その際、避難所に動物は連れて行けないとのことで、泣く泣く黒猫の「シロ」を置いて避難することとなった。「必ず迎えに来るからね」とシロに語りかけながら頭をなでたのち、私と紀子さんは何度も振り返りながら避難所へ向かった。

しかし数日後、紀子さんと共に家へ戻ると、シロの姿はなかった。

私と紀子さんは、家族を失った気持ちで胸が締め付けられた。毎日毎日探し続けたものの、シロと再会することはできず、私たちは途方に暮れた。そして、ただひたすらシロが生きていてくれることを願った。

避難所での暮らしをしばらく続けたある日、紀子さんは介護施設に行くことを決意した。私にとって母親のような存在の紀子さんと、今さら離れ離れになることはしたくないと思った私は、紀子さんが入居する介護施設で介護福祉士を務めることにした。

そして紀子さんと共に介護施設で暮らすこととなってから三年の月日が流れた。

震災の爪あとはまだまだ無残で、施設も介護士不足や周辺環境の事情で、縮小化されることとなってしまい、入居者たちは関西や関東に振り分けられることとなった。

そのため、この施設を離れることとなった入居者たちのお別れ会をしようということになり、インターネットでパーティ用のお料理を探していると、関東で料理教室を開いている門倉さんのブログを私は見つけた。

門倉さんのお料理は、雑誌などでも何度か見かけたことがあったため、私は彼女のブログを熱心に読み込んだ。

すると、門倉さんの息子さんが撮ったという写真の中に、震災で離れ離れになった黒猫の「シロ」にそっくりな猫が写っていた。

記事を読むと、料理教室の生徒さんが参加した譲渡会で、片目が不自由な黒猫を引き取ることになった……と書かれている。また、驚いたのはそれだけではない。パチンコ店の店先で、門倉さんの息子さんと一緒に茶髪の男性がピースサインをしている写真もあったのだが、そこには「仲良しの宏夢君」と書かれていたのだ。

宏…夢…？　ここに写っているこの青年は、私の息子の……宏夢？

こんな偶然があるわけないと疑った私は、他のページに掲載されている写真も確認した。すると、「五郎ちゃんと宏夢君」という写真もあり、目の前のこの青年が、間違いなく私の息子の宏夢であることを確信した。しかも、兄弟二人が今も仲良くしているという事実がこの上なく嬉しかった。

私は、この瞬間を奇跡だと感じた。生き別れたままとなっていた宏夢は、関東で元気に暮らしていたのだ……。

二十年前のクリスマスイブの日、最後に思いっきり抱きしめた時の宏夢のぬくもりを思い出した。

会いたい――。

ひと目でいいから、宏夢に会いたい――。

どうにか私だということがバレないよう、会える方法はないだろうか。

考えを巡らしながら門倉さんのブログを読み進めていると、五郎君の勤めるパチンコ店の店先に『里親探しノート』というものがあることを知った。

私は、「これだ」と思った。早速、関東に住んでいる紀子さんのお友達に頼み、パチンコ店の店先にあるノートに、黒猫のシロの写真と詳細の掲載をお願いした。どうか、黒猫のシロが、私たち親子を引き合わせてくれますように……と希望を託した。

そして数日後、『里親探しノート』を管理している弓子さんという女性から電話がかかってきた。

「お探しの黒猫のお腹は、ツキノワグマのように白くなっていますか？」という質問に対し、私は即答で「ええ！」と答えた。

すると今日、シロの写真を手にした門倉さんの息子さんが施設を訪れた。

写真を見て、私たちはシロだと確信した。そして数時間後には、今度はシロを連れた若者が二人訪れる……という連絡をもらった。

その旨、門倉さんの息子の祥太郎君に伝えると、「五郎ちゃんと宏夢だ！」と言った。

私は、シロに感謝した。宏夢に会える……。しかも、別れ別れとなってしまったあの日と同じクリスマスイブに……。シロが宏夢に引き合わせてくれるんだ……奇跡の赤い糸をシロが結んでくれるんだ……。私は高鳴る胸を抑えられずにいた。

数時間後、すっかり大人になった五郎君が一人で訪れた。当然だが、私のことは覚えていない様子だ。また、同行した宏夢とは郡山駅のバス停で別行動することになったと言っている。人生、そんなにうまくいくわけがない……。そんな風にあきらめながら仕事をしていると、茶髪で細身の若者が施設の入口に立っているのを見つけた。

しろだ……。

間違いない、あれは私の息子の……宏夢だ。

施設の外で五郎と共にタバコを吸っている姿は、どことなく父親の竹内先生に似ている。

いったい、どんな顔をして会えばいいのだろう。このままでは、シロを届けただけで帰ってしまう。せっかくシロが引き合わせてくれたのに……。

私は、平静さをよそおって二人に声をかけた。

「あのぉ、これからみんなでお茶にするんですけど、よかったらご一緒にいかがですか？お二人とも長旅でお疲れでしょう？」

心臓の音が聞こえるのではないかというほど、ドキドキした。

そして施設の入口の扉を閉め、私はすみやかにお湯を沸かしに行った。

＊

「五郎ちゃん、俺……生まれてきてよかったのかなぁ」

宏夢の質問に答えられないまま、僕らは施設の中へ戻った。

僕は、何を迷っているのだろう。「生まれてきていいに決まってるだろ」と、どうして言えなかったんだろう。宏夢が生まれてきたことに罪などない。そんなことはわかっている。でも、弟は母と幸せに暮らしていると思っていた「今まで」が塗り替えられたことで、僕の中の「愛しい弟」の存在が変わり始めていることも確かだ。

母が自ら命を絶ってしまった一番の原因は、いったい何だったんだ。広い庭で草花に水をあげている時、母はいつも笑顔だった。今思えば、宏夢がうちに来てから母の笑顔は失われたとも言える。いや、その原因を作ったのは愛人に子どもを産ませた父だから、やはり宏夢に罪はない。友達としても、兄弟としても、宏夢は「いいやつ」である。僕の過去が塗り替えられたとしても、宏夢という人間に変わりはない。

じゃあ、なぜ僕は悩んでいるんだ。宏夢を許せないんじゃない。自分の運命を許せないだけではないだろうか。

自問自答を繰り返しながら食堂の椅子に腰かけ、宏夢の母のさゆりが入れてくれた温かい緑茶をすすった。

誰が悪いんだろう。家族がバラバラになってしまったのは、誰のせいなんだろう。

答えの出ないまま、隣でお茶を飲んでいる宏夢の横顔をチラッと見ると、やはり母親のさゆりと目元がよく似ている。そんな宏夢の視線の先には、入居者たちと語り合うさゆりの姿があった。

たわいもない会話をしながら、お手玉をしたり、折り紙をしたり、三日月のようにカーブを描いた優しい目で、みんなと平等に会話を交わしている。

すると、僕の横でお茶をすすっていた宏夢が勢いよく立ち上がり、さゆりの方へと歩き出した。そして、座敷に座っているさゆりの背後からこんな言葉を投げかけた。

「なんだよ……。テメー、いいやつじゃん」

宏夢の方を振り返ったさゆりは、「え？」と言ってゆっくりと立ち上がった。

細身で小柄なさゆりは、宏夢を見上げたまま黙っている。

「もっと最低なやつだったらよかったのに……」

僕は、宏夢が何を言いたいのかわからなかった。

さゆりは、宏夢が自分のことを母親だと気づいていることを察したらしく、冷静に「どうして？」と聞いた。

聞き返された宏夢は、怒っているのか悲しんでいるのかわからない表情で、淡々と語った。

「だってよぉ、悔しいじゃん。俺を捨てた母ちゃんがいいやつだったら、ちっちゃい頃もっと遊びたかった、一緒に過ごしたかったたって夢がふくらんじまう……」

「しろ……」

「なんでそんな優しい目で笑うんだよ！　なんでそんなに周りから愛されてんだよ！　俺

の母ちゃんは最低最悪じゃなきゃいけねぇんだよ！　そうじゃなきゃ……そうじゃなきゃもう恨めねーじゃん！」

二十年間溜め続けてきた感情を吐き出した宏夢は、大粒の涙を流した。
母親のさゆりも、ぼろぼろと泣きながら宏夢の言葉を受け止めている。

「ごめんね……しろ……手放したりしてごめんね……。私のこと恨んでもいいから……」

両手で顔をおおい、泣き崩れるさゆりに対し、宏夢はこう返した。

「俺は、あんたのことを恨まない」
「……！」
「今までは、いつか見返してやるって気持ちで生きてきたけど、俺はもうあんたを恨まない」

「……どうして？」

「恨んだら負けだってことがわかったから。恨み続けたら、俺は俺らしく生きられない。人の人生に振り回されてるだけの人間にはなりたくねぇから、俺はあんたを恨まない。それに……」

「……それに？」

「一つだけ、あんたに感謝してることがあるからさ」

「……」

「俺のこと、思いっきり抱きしめてくれたことがあっただろ？」

「三歳の……クリスマスイブの日のことね……」

「あの時、超あったけぇって思ったんだ。俺さ、もう生きるのやめようかなと思った時もあったんだけど、それでもあの時のぬくもりを思い出すと、不思議と力が湧いてきて、どんな悲しみも乗り越えてこられた。だから、そんなすげぇパワーをくれたことは感謝してるから……さ」

「しろ……あの日のこと、覚えていてくれたの？　あの日、私が抱きしめたことを……。

私の方こそ、あの時のぬくもりにずっと支えられてきた。どんなにつらいことがあっても、しろのぬくもりを忘れずにいたから生きてこられたの。まさか同じ想いだったなんて……。ありがとう、覚えていてくれてありがとう……」

宏夢は、さゆりの横にしゃがみ、肩に手を乗せてこう言った。

「俺はあんたを許す。だから、あんたはあんたの人生を生きればいいよ。俺は俺の人生を生きるから……。な、母ちゃん」

三日月のような目で優しく微笑みかけた宏夢は、やっぱりさゆりにそっくりだった。

そして、さゆりのことを両手ですっぽり包み、二十年ぶりのぬくもりを感じ合っていた。

恨んだら負け――。その言葉が、僕の頭の中でグルグルと回った。

すると、座敷から立ち上がった宏夢が、再びさゆりの方を見てこんなことを言った。

「あ、そうそう。もう一つ言い忘れた」

涙をぬぐったさゆりは、宏夢を見上げて話を聞いた。

「俺のこと……産んでくれてありがとな。俺なんて生まれて良かったのかなって何度も考えたけど、五郎ちゃんに出会えたことで俺の人生も捨てたもんじゃないって思えたし。五郎ちゃんにとって俺は複雑な存在かもしれないけど、でもやっぱり、俺にとってはいくつになっても大好きな『お兄ちゃん』なんだよね。世界で一人の血のつながった親友ってゆーか。そんな超スーパーお兄ちゃんに出会えたのは、あんたに産んでもらったお陰だからさ……」

僕は、胸の中に熱いものがこみ上げてきた。
あやまちを犯さない人間なんていない——。
人を許し、人に許され、僕たちは生きているんだ。

「おい、宏夢。ひとこと言っていいか？」

「何？　五郎ちゃん」

「いつまで『五郎ちゃん』って呼ぶ気だ？」

宏夢は、いつものお調子者の宏夢に戻り、「おにーちゃま」と言って僕の肩に頭を寄せた。

僕らの人生は、マイナスからのスタートだったかもしれない。けれど、決して不幸ではなかった。みんなが「当たり前」と感じている幸せを、何十倍も何百倍も幸せに感じることができる。負け惜しみではなく、僕は心の底からそう思う。

すると、猫に触ることができなくなっていた宏夢は、黒猫の「シロ」を抱き上げ、優しくなでながら語りかけた。

「お前、でっかくなったなぁ。あの時、池で兄弟を助けてやれなくてごめんな……」

シロは、まるで言葉が通じたかのように、ゆっくりと瞬きをして見せた。

この世に産まれたことも奇跡。
今日を生きていることも奇跡。

人は、何のために生まれてきたのだろう。
人は、なぜ生きなければいけないのだろう。

ちっぽけな人間に、いったい何ができるというのだろう。

悲しみの底をさまよった僕らに、猫たちは大切なことを教えてくれた。
今を精一杯生きることで、僕らは奇跡を起こすことができるんだ……と。

あとがき

この度は、本書をお手に取っていただき、誠にありがとうございます。

私にとって猫は、生まれた時から家の中にいた身近な存在であり、言葉を交わさなくても気持ちが通じ合う〝親友〟のような存在でした。今回、そうした猫に対する想いを始め、様々な方に取材させていただいた猫のエピソードやメディアに取り上げられた情報などをもとに、猫にまつわる小説を書いた次第です。

以前私が住んでいた千葉県船橋市のマンション周辺には、数匹の野良猫が住み着いていました。周囲の方にその猫たちのことを聞くと、なんと元々は飼い猫だったとか……。生きものとの関わりには、切ないこと、やるせないこと、悲しいこと、心温まること、様々な感情が入り混じりますが、本書では「悲しみ」のその先にある希望の光をゴールにできたらな……と。

また、主人公の五郎が勤めるパチンコ店の「ミィちゃん」は、実際、埼玉県のパチンコ店にいた地域猫の「にぃにぃちゃん」がモデルとなっております。

通りすがりの人たちが、にぃにぃちゃんに対する想いを一冊のノートに綴っていました。そんな心温まるノートを拝見し、「弓子の里親探しノート」を思いつきました。

ちなみに、現在にぃにぃちゃんは素敵な里親さんと出会い、幸せに暮らしています。

最後に。本書を刊行するにあたって一丸となって取り組んでくださったSBクリエイティブの吉尾太一さんに、改めまして深く感謝申し上げます。吉尾さんの客観的視点、秀逸な編集力、読者に対する深い愛情に敬意を表したいと思います。また、言葉では語りきれない猫の想いを絵として表現してくださったイラストレーターのNoritakeさん、文字の細部にまでこだわってくださったデザイナーの鈴木壮一さん、ご多忙なスケジュールの中、精魂込めていただきありがとうございます。

そして取材に協力してくださった皆さま、本当にありがとうございました。

たくさんの方の想いが詰まった『悲しみの底で猫が教えてくれた大切なこと』が、一人でも多くの方の悲しみを癒やす一冊となることを願い、ペンを置かせていただきます。

二〇十五年四月

瀧森古都

文庫化によせて

『悲しみの底で猫が教えてくれた大切なこと』の文庫版を最後までお読みいただき、ありがとうございます。

執筆してから六年の月日を経て、文庫本（小型の書物）に生まれ変わりました。

時に、「文庫になったら読みたい」「いつ文庫になるのかな」という読者様のお声を耳にする機会があり、私自身、著書が文庫化されることを待ちわびていた次第です。文庫化を企画してくださった大和書房の八木麻里さんをはじめ、本書にかかわるすべての方に心より感謝申し上げます。

文庫となることを機に原稿を読み返し、改めて考えたことがあります。それは、本書のテーマでもある「生きる意味」について。

本来、生きることに意味なんて必要ないのかもしれません。おいしいものを食べておいしいと感じ、きれいなものを見てきれいだと感じる。そのような日々を過ごせたら、この上ない充実でしょう。けれど、おいしいものを食べてもおいしいと感じることができない時があります。それは、心に悲しみを抱えてしまった時。

自分は、何のために生きているのだろう――。そのように考え、生きることがしんどく感じるのではないでしょうか。

私の心の底にも、いくつかの悲しみがへばりついています。それらの悲しみは、かさぶたのようにぴったりとへばりつき、無理にはがそうとすると痛みが生じることも……。そんな時、誰かの優しい言葉や支えによって悲しみは一つ一つ自然とはがれ、そうして己にとっての本当の「生きる意味」が見えてくるのかも……。

改めて原稿を読み返し、そのように感じました。

もしも自分のために生きることがしんどかったら、誰かのため、何かのために生きてみてもいいかもしれません。何かを救うことで、己が救われることもあるので。

長くなりましたが、最後までお読みいただきありがとうございました。

皆様の幸を心より願います。それではまたいつか。

二〇二一年十一月　　滝森古都

瀧森古都（たきもり・こと）

1974年、千葉県市川市生まれ。2001年、作家事務所オフィス・トゥー・ワンに所属。放送作家として「奇跡体験！ アンビリバボー」など様々な番組の企画・構成・脚本を手掛ける。2006年、独立。作家、コピーライターとして活動。現在、主に「感動」をテーマとした小説や童話を執筆。ペット看護士・ペットセラピストの資格を保持。著者に『孤独の果てで犬が教えてくれた大切なこと』『たとえ明日、世界が滅びても今日、僕はリンゴの木を植える』『悲しみの夜にカピバラが教えてくれた大切なこと』（いずれもSBクリエイティブ）、『あのとき僕が泣いたのは、悲しかったからじゃない』（誠文堂新光社）がある。

本作品はSBクリエイティブより二〇一五年四月に刊行されました。

だいわ文庫

悲《かな》しみの底《そこ》で猫《ねこ》が教《おし》えてくれた大切《たいせつ》なこと

著者　瀧《たき》森《もり》古《こ》都《と》

二〇二二年一月一五日第一刷発行

発行者　佐藤 靖

発行所　大和《だいわ》書房

東京都文京区関口一－三三－四 〒一一二－〇〇一四

電話 〇三－三二〇三－四五一一

フォーマットデザイン　鈴木成一デザイン室

本文デザイン　鈴木壮一

本文イラスト　Noritake

本文印刷　中央精版印刷

カバー印刷　山一印刷

製本　小泉製本

ISBN978-4-479-30897-3

乱丁本・落丁本はお取り替えいたします。

http://www.daiwashobo.co.jp